ヒイナ

第三位階雷魔道《サンダーランス》
戻ってこい《リターン》

illustration ／ mmu

理不尽な理由で
追放された
王宮魔道師の私ですが、
隣国の王子様と
ご一緒しています!?
author. アルト
illustration. mmu
I was banished for
unreasonable reasons,
and now I'm with a prince!

第一章　理不尽な追放

「王宮から追放処分、だそうよ？　平民さん」

それは、王宮魔道師として王宮に仕えるようになって五年目の出来事だった。

ある日の朝、私はそんな言葉と共に書状のような紙を乱暴に投げつけられる。

私に向けてそう声を発してきた人物は、王宮魔道師になって以来、度々絡んでは執拗に嫌味を述べてくる人であった為、顔を見ずとも誰であるかの見当はついた。

……きっと、王侯貴族――ディストア伯爵家の令嬢、マリベル・ディストアさんだろう。

そんな感想を抱きながら私は振り返り、返事をする。

「……追放、ですか？」

「ええ。そうよ。貴女は王宮から追放。だから勿論、王宮魔道師としての地位も剝奪というわけ」

明らかにそれと分かる上機嫌な声音で、マリベルさんが言葉を紡ぐ。

私が彼女から嫌われている理由は既に知っている為、その部分について今更何かを言うつもりはなかったけれど、マリベルさんの発言の内容には流石に納得がいかなかった。

「……理由を、お聞かせ下さい」

投げ付けられた書状を拾い、中身を確認してから私はそう答える。

書状には先程マリベルさんから告げられた内容と、それが正式なものであるという証を示す王家の押印もあったから。

けれど、肝心の追放に至った内容が欠落していた。だから、尋ねずにはいられなかった。

「理由？　そんなもの、決まってるじゃない。……そもそも、貴女は王宮魔道師になっていい人間じゃなかった」

マリベルさんがそう口にする理由は単純明快で、私が正規の手順で王宮魔道師になった人間ではなかったから。

私は所謂、特別措置で王宮魔道師となった人間であった。

「平民如きが王宮にいるってだけでも悍《おぞ》ましいというのに、挙句、栄えある王宮魔道師に、貴女のような道化がいていい筈がないでしょうが……！」

目を怒らせ、叫び散らされる。

私が王宮魔道師になったのは今から約五年前の事。

平民にもかかわらず「魔道」の心得があった私が偶然にも、ある公爵家の当主様を乗せた馬車が魔物に襲われているところに出くわし、「魔道」を使って助けた事が全ての始まり。

どうか、お礼をさせてくれと懇願され、では、と。ある事情から、私は王宮魔道師になりたいと望んだ。

そして、私は公爵閣下の厚意あって、特別措置で王宮魔道師となった。

ただ、それによる周囲からの反発というものは、苛烈を極めていた。

目の前にいるマリベルさんがいい例である。

「……元々、気に食わなかったのよ。五年前に貴女が公爵閣下の口利きで王宮魔道師になったあの日から」

気に食わないと思われていた事は言われずとも知っている。

なにせ、それもあって私は出来る限り王宮に足を踏み入れないようにしていたのだから。

「どんな手段を用いたのか。公爵閣下には気に入られたようだけれど、それも今日でおしまい」

先日から、私を王宮魔道師に推薦して下さった公爵閣下は公務により辺境へと赴いていた。

彼がいなくなったタイミングを狙われた事は、最早明白であった。

「殆ど王宮には出入りしていなかったみたいだし、貴女がどこで何をしていたのかは知らないけれど、これで漸くせいせいするわ。前魔道師長含む取り巻きには随分と目を掛けて貰っていたみたいだけれど、それも今日でおしまい。五年も他の連中に媚を売ってたのでしょうけど、ぜんぶおじゃんで追放ってわけ。平民ごときにはこれがお似合いよ。ざまぁみなさい」

私なりの理由があって王宮魔道師になっていたものの、魔物の討伐といった役目は推薦してくれた公爵閣下の顔に泥を塗るわけにもいかなかったし、きちんとこなしていた。

それも、かれこれ五年の間ずっと。

そして、ある一部の地域で私なりに必死に、現場の魔道師達と共に押しとどめていた。

怪我を負いながらも、時には命がけで。

身分こそ貴族と平民という差はあったけれど、彼らは私にとって第二の家族とも呼べるような存在であった。

だから、だったのだろう。

「ほら、さっさと出ていきなさいよ」

視界に収める事すら汚らわしい。

そう言わんばかりの蔑んだ視線を向けてくるマリベルさんに対して、私は柄にもなく売り言葉に買い言葉のような真似をしてしまう。

私だけを馬鹿にする言葉であればどうにか耐えられただろうけど、私によくしてくれた人達まで馬鹿にするような言葉だけはどうしても、見過ごせなかった。

「……何も、知らないくせに」

「何？　言いたい事があるならはっきり言いなさいよ」

「何も知らないくせに、憶測で勝手な事を言わないで貰えますか」

「憶測じゃないわ。ただの事実よ。貴女が王宮魔道師に相応しくない人間で、前魔道師長やその取り巻き連中、それと、公爵閣下をたぶらかしていた事は。それに付き合うあいつらもあいつらだけれど。ほんっと、やだやだ。貴族の恥さらしだわ」

「……そんな事実はありません。皆さん、優しい方です」

「でも、だったらどうして、貴女が今まで王宮魔道師という地位にしがみつけていたのかしら」

暗にそれは、媚を売るなりしていたからじゃないか。

そうでなければ、平民である貴女が今まで王宮魔道師としていられた筈がないと言い切られる。

「ほら。もう答えは出ているでしょう？」

そして、手のひらを向けられる。

次いで聞こえてくる金切音。

それは、魔道の発動を伝える兆候とも称すべき独特の音であった。

「答えはね、貴女が、王宮魔道師に全く相応しくな、い……から、よ……？」

恐らく、見せしめのつもりだったのだろう。

ただ、考えるより先に私はその魔道を打ち消すべく、同じだけの威力の魔道をぶつけた。

直後、響き渡る爆発音。

けれど、咄嗟の行動過ぎたのか。

相殺するどころか、威力が少しばかりマリベルさんのものより強くなってしまったせいで、彼女の頬に一筋の赤い線が走り、裂傷が生まれていた。

「ひ、!?」

自分から仕掛けた事だったろうに、悲鳴があがる。

「……分かりました。だったら」

「な、なによ」

「だったら、後の事は、王宮勤めの貴族の皆さんでどうぞお好きに対処してください!!」

王宮魔道師を証明するブレスレットをその場で外し、その場で手放す。

王家の紋つきの追放宣告である。

どうせどれだけ喚こうが、その決定が覆ることはもうないだろう。

それもあって、私はこれでやっとせいせいするわ、といった態度を取るマリベルさんに向けて、勢いよく頭を下げ、言葉を言い捨てながらそのまま王宮を後にすることにした。

……いつだったか。

臣下と呼ばれる王宮仕えになる為には貴族でなくてはならないのではないか。

そう問いかけた際に、即座に私の言葉を否定していた少年に「嘘つき」と心の中で言葉をこぼしながら、私は溜息を一度。

これで最後となるであろう王宮を眺めても、何の感慨も湧いては来なかった。

そしてその日私は、王宮から追放され、王宮魔道師としての地位も失った。

＊　　＊

「……あー！　もう、最っ悪!!　これだから貴族は嫌いなんだよ」

淡い赤黄色に染まった空の下。

黄昏を眺めながら、私は溜まりに溜まった鬱憤を晴らすように誰もいない事をいい事に叫び散らす。

もちろん、例外とも言える貴族の方もいるけれど、大半がマリベルさんのような人なのでこうして吐き出さずにはいられなかった。

「小さい頃の思い出にいつまでも引きずられてる私が馬鹿なんだろうけど、ほんっと、あいつはどこにいるんだか」

右手の人差し指に嵌められた銀に光る指輪を見詰めながら、私は自嘲気味にそう口にする。

それは、十年前にある少年から貰った物だった。一緒に過ごした期間は三ヶ月くらい。

でも、その時間は十年経った今でも忘れられないくらい濃密で、何より、楽しかった。

別に結婚しようとか、そんなロマンチックに溢れた約束なんてものではなかったけれど、「いつか、おれに仕えてくれ」と言われて渡された指輪。

臣下と言っていたぐらいだから王宮仕えになれば一度くらい会えるんじゃないか。

そう思ってどうにか王宮魔道師になりはしたものの、五年という期間を使って尚、結局最後まで会う事は叶わなかった。

それどころか、色んな貴族に嫌われるだけに終わった。

未練がましく今も尚持ち続けている私に対して、呆れながら溜息を吐く。

「……はあ」

幼少期に交わした約束。

だから、相手側が覚えてなくても仕方ないと分かっていながらも、私だけがこうして約束を守ろうとしていた事実が無性に腹立たしくて。

「貴族も、昔の約束をすっぽかすエヴァンも、みんなみんな大っ嫌――――」

「――――ひと気が薄いとはいえ、罵倒するなら心の中くらいに止めておけよ。あいつら、ねちねちしつこいぞ。……まぁ、おれは怒られて仕方ないんだけど」

せめてもの腹いせに、私と約束を交わした少年を罵倒して――――

「…………え？」

……どうにか、この苛立ちを抑えんとこぼした私の独り言に、何故か返事が返ってきた。

ちょうど、私のすぐ後ろから。

その予想外の出来事に、呆気に取られながらも私は聞き覚えのある声音に反応して、慌てて肩越しに振り返る。

そこには、如何にも貴族然とした身なりの金髪の青年がいた。

若干、大人びてはいたものの、その男の癖に憎らしいくらい端整な顔立ちは忘れられる筈もなくて。

「よう。随分と遅くなったけど、迎えに来た。ヒイナ」

まるで狙ったかのようなタイミングで、私に指輪を渡し、「魔道」を学ぶきっかけをくれたそいつは申し訳なさそうに、私の名を呼んだ。

◆　◆

「いつか、おれに仕えてくれよ」

それは、もう十年以上昔に、私に向けられた幼馴染みの言葉だった。

お互いにまだ小さくて、確か二人の年齢を合わせても二十にすら満たなかった頃。

エヴァンと名乗る少年は、ほんのりと薄赤く色づいた表情を浮かべて、そう言ってくれた。

でも、その言葉を紡ぐ事が恥ずかしかったのか、視線も若干泳いでいた。

「……仕えて？」

「そう。ヒイナは将来、おれの臣下になるんだ」

臣下って、王子様じゃあるまいし。

そんな感想を抱きながらも、私は「ふぅーん」と聞き流す。

でも、もしかするとエヴァンは実はどこかの貴族様なのかも。

そんな考えが私の頭の中で、一瞬だけ過ってしまったのもまた事実だった。

三ヶ月ほど前に偶然出会った見慣れない服装の少年。それでもって、言葉遣いが色々と変。それが、私がエヴァンに対して抱いた印象だったから。

「でも、臣下って一体なにするの？」

「そりゃ決まってるだろ。臣下ってのはな、ずっと一緒にいるやつの事だ」

「ずっと一緒に、かぁ」

少しばかり黙考。

そして脳裏に浮かぶエヴァンとの決して長くはなかった一緒に過ごした日々の記憶。

それらを思い返しながら、私はエヴァンと一緒にいる事ならば悪くないかなと思い至る。

「うん。それ、いいね」

「だろっ!?」

「だけど、そういうのって偉い人がなるものじゃないの？」

なんとなく、臣下という言葉にそんな認識を抱いていた私だからこそ、自分で大丈夫なのかと問い返す。騎士とか、貴族って呼ばれる人達がなるものじゃないのかって。

「ちっげーよ。そういうのは、才能があるやつがなるんだ」

「才能？」

「ああ。おれや、ヒイナみたいなやつの事だ」

エヴァンは尊大に言う。

でも、三ヶ月もエヴァンと過ごしたせいでか。

そんな物言いにもすっかり慣れてしまっていた。だから、これまた、「ふぅーん」と聞き流す。

「……おいおい。先生に認められたやつなんて、おれを除くとヒイナしかいないんだぜ？」

もっと自信持てよって、エヴァンに呆れられる。

この三ヶ月。

私はエヴァンと毎日のように会って、話して、遊んでいたんだけれど、偶《たま》にエヴァンが人を連れてくる事があった。

彼は「先生」って呼んでて、エヴァンと仲良くしてくれてるお礼だって言って、先生は私に「魔道」と呼ばれるものを教えてくれた。

「……それとも、嫌だったか？」

肯定的な返事をしない私を見かねてか。

一変してエヴァンは不安に彩られた表情を向けてくる。

捨てられた小犬が向けてくるような、そんな視線。だから私は慌てて否定する。

「ううん。エヴァンと居るのは私も楽しいし、仕えるってのは……その、よく分からないけど、でもエヴァンと一緒なら、私はいいよ」

「本当かっ!?」

お日様に照らされた海のような、紺碧の瞳が大きく見開かれる。

そして、エヴァンの頬が緩んだ。

「じ、じゃあ、これを持っててくれよ」

嬉しくて仕方がなかったのか。

噛みながらも、ゴソゴソとエヴァンはポケットから何かを取り出して、ソレを私の右手に強引に握らせた。

小さくてひんやりとした何か。

一体何なのだろうかと視線を落とすと、そこには装飾のないシンプルな銀色の指輪があった。

「いつか。いつか必ず迎えに来るから。だから、それを失くさずに持っててくれ」

いつになく真剣な口調でエヴァンが言う。

気恥ずかしかったのか。

――出来れば指に嵌めてくれると嬉しいんだけど……。

などと付け足された言葉の声量は、とても小さくて。

でも、辛うじて聞き取る事が出来ていた。

だから、

「じゃあ、嵌める」

渡された指輪を私は右手の人差し指に嵌めてみる。少しだけ異物感があったけれど、装飾品をつ

けた事で少しだけ大人になれたような気がして、言葉にはしなかったけど嬉しくもあった。

「ねえ、エヴァン」

この三ヶ月。

色々あったなって思い返しながら、私はエヴァンの名前を呼ぶ。

「次は、いつ会えるかな」

こうしてエヴァンが私に物を渡してきた理由は、多分これが原因だった。

私とエヴァンが会えるのは、今日が最後と前々から知っていた。

隣国に行かなくちゃいけない用事があるんだって、エヴァン本人に聞かされていたから。

「……ん」

すると、あまり聞かれたくない質問だったのか。悲しそうに小さく唸り、軽く頭を掻き始める。

「……ちょっとだけ、時間が掛かるかも」

きっと、そのちょっととは、数ヶ月とかそんな話ではないんだろうなって思った。

多分、一年とか、二年とか。

もしかすると、もっとかもしれない。

「でも、迎えに来るから。絶対に、迎えに来るから」

繰り返される。

確固たる意思を示すように、その後も何度か。

「だから、もう一度会えた時は。その時は、おれの臣下になってくれ――ヒイナ」

「うん。わかった」

そんなに念押しをしなくても、約束を破る気はないのに。

そうは思ったけど、何故かエヴァンは言葉に頷いて欲しそうにしてたから、それに応える。

ちょうど、その時だった。

「――良かったですね。エヴァン様」

離れた場所から、優しげな声が鼓膜を揺らす。

言葉に反応をして肩越しに振り向くと、そこにはエヴァンと一緒になってすっかり「先生」と呼ぶようになってしまった人がいた。

「あったりまえだろ。おれからの誘いを断る奴なんてこの世にいるもんかよ」

「その割には随分と不安そうでしたが」

「う、うるさいなっ!!」

図星を突かれた事を隠したかったのか。

エヴァンが「先生」の言葉を慌てて否定するけれど、それが強がりだったって事は私の目から見ても明らかだった。

「ヒイナさん」

そして、「先生」の視線がエヴァンから私に移動する。

「こんなエヴァン様ですが、どうかよろしくお願いいたします」

次いで、柔和な笑みと共に言葉が投げ掛けられた。

こんなってなんだよ、こんなって！

「先生」の物言いに不満を垂れるエヴァンの反応に、私と「先生」が一緒になって笑った。

多分、その日は私の人生の中で一番笑っていた日だったと思う。


――そして、彼らとの出会いこそが、間違いなく、私が王宮魔道師を目指したきっかけであった。

王宮魔道師になれば、エヴァンに会えるような気がして。だからなったというのに、結局いつまでたっても会えず終い。

もう二度と会うことは無いんじゃないかって思って以来、胸の奥底に仕舞い込んでいた筈の記憶が、どうしてか、このタイミングで思い起こされていた。

◆　◆

「にしても、ひどい言い草だよな……まぁ、おれに原因はあるんだけども」

続け様、私の記憶に色濃く残る少年の面影を残した青年が、どこか申し訳なさそうにそう言葉を発する。

『貴族も、昔の約束をすっぽかすエヴァンも、みんなみんな大っ嫌――』

彼がそんな返事を口にした理由は、きっと私の直前のその言葉が原因なのだろう。

十年も会ってなかったにもかかわらず、私の中の本能のようなものが、今私の目の前にいるやつこそが、約束を交わした張本人であるとひっきりなしに訴えていて。

「エヴァン……？」

「十年振り、くらいか。久しぶりだなヒイナ」

だから、様子を窺うように名前を呼ぶとまた、私の名前を呼ばれた。

「…………」

これは夢か何かか。

そう思ってつい、自分の頬に手を伸ばしてむにっ、と強く摑んでみるけれど、痛みだけが顔に広がった。多分これ、現実だ。

……だったら、久しぶりどころの話ではない。

ちょっとと言ってた癖に、十年も約束をしたまま会いに来ないってロクでなし過ぎやしないだろうか。

「……おい、そんな目でおれを見るなよ。確かに十年もほったらかしてたのはおれのせいだけど、でも、いざ迎えに行こうにもお前が王宮魔道師になってたせいで、一年近くも悶々と過ごす羽目になったんだぞ」

「……どういう事？」

おれも悪いがお前も悪い。

だから、トントンだろ。

と、口にするエヴァンの言葉の意味が分からなくて、問い返す。

「他国の王宮魔道師を王子が引き抜いたなんて知られてもみろ。大問題になるだろ」

「た、こく？」

「あれ。ヒイナに話してなかったっけ」

「聞いてない。私聞いてないから……！」

それにさらっと言っちゃってたけど、とんでもない言葉も聞こえた気がした。

泥だらけの姿で出会った少年が、まさかまさか他国の王子様だったなんて展開は夢にも思う筈がなくて。

「だったら、その事を早く言ってくれてればこんなまわりくどい事をしなくて良かったのに！」

いつかエヴァンと会えますようにと、私は王宮魔道師として五年も魔道師長と呼ばれていた人や、彼を慕っていた人達と頑張っていたのに、肝心のエヴァンはいつまでたっても見つからなかった。

それを目で訴えかけてやると、居た堪れない気持ちに陥ったのか。

エヴァンはわざとらしくその場逃れするように私から目をそらしていた。

「……ヒイナにならと、十年前に言って良いと思ったんだが、「先生」が言うなって五月蝿《うるさ》くて」

「先生、が？」

「まぁ、色々とおれにも事情があってな。悪い」

だから、意地悪で隠していたわけではないとエヴァンが言う。

「……でも、まあ……なんだ、良かった」

「良かったって？」

「おれの事、忘れられてなくて」

エヴァンを探す為に私は王宮魔道師になったのに、そんなわけがあるか。

って言い返そうとしたけど、

「ほら。おれの事忘れてたから、王宮魔道師の道に進んだのかなって思ってさ。公爵からもお前、随分と気に入られてたろ」

「……ううん。多分、気に入られていたというより、あの方が義理堅い人だっただけだと思うよ」

貴族には嫌悪といった感情を抱く私だけれど、唯一、例外とも言える人がいた。

それが、今、エヴァンが口にした公爵閣下の存在。

公爵閣下を助ける事になった際、当初、お礼なんて恐れ多いと口にする私を見かねて、ならば、当家に仕える気はないかと言ってくれるくらい彼は義理堅い人だった。

だから、気に入られていたとかではないと思う。

私がそう言うと、何故か「……絶対違うぞ」なんて言葉が即座に返ってきた。

「でも、ヒイナが指輪《それ》をつけてくれてたから、おれの考えが違うって分かった」

だからこうして、待ってた。

いつかお前が王宮を後にした時、すぐに迎えに行けるように。……まぁ、臣下達からは三年が限度って強く言われてたけども。

バツが悪そうにそう口にするエヴァンの様子は、昔と何一つとして変わってなくて。

「勿論、無理にとは言わない。でも、もしお前にその気があるのなら……随分と遅くなったけど、おれに仕えてくれ、ヒイナ」

十年越しに、あの時となんら変わらない言葉を告げられる。

もういっかなって、諦めかけて。

でも、どうしてか約束の事を忘れられなくて。

そんな時に、まるで狙ったかのようなタイミングでやって来て。

……ちょっと、これはずるいよね。

なんて感想を抱いてしまう。

あと、散々待たされたのは私なのに、エヴァンの思い通りに進むのはなんか、納得がいかなかった。

だから、せめてもの抵抗としてすぐには返事をしてあげない。

「……だめ、か？」

すると、十年前の別れる最後の日に見せてきたような不安な表情を、エヴァンが浮かべた。

……その顔を前にしては、流石に意地悪し過ぎたかなって罪悪感がわき上がってしまって。

慌てて私は返事をする事にした。

「……元々、王宮魔道師に志願したのも、エヴァンを探す為だったし……だから、え、っと、その……私で良ければ、だけど」

なんか、その返事だとプロポーズみたいじゃんって言い終わってから気付いてしまう。

「……なんか、その返事だとプロポーズを受けたみたいな感じするな」

おい。そう思ったけど気不味《きまず》くなるからあえて黙ってたのに言わないでよ。

「んじゃ、おれらにとって今更過ぎるけど――」

でも、私が羞恥心を感じたその一言を笑って流し、そして何を思ってか。エヴァンは私に向けて手を差し伸べてきた。

「――――改めて。おれはエヴァン・ヴェル・ロストア。ロストア王国の第二王子だ」

「ヒイナ、……です」

自分が平民である事を卑下する気はないけど、あまりの短さに物足りなく感じてしまって、ちょっとだけ萎縮しながら差し伸べられた手を握り返す。

そんな私の心境を見透かしてか。

ぎゅっ、と力強く握り返された。

次いで、そういえば、と。

私は預かったままであった指輪をエヴァンに返そうとして、

「それは、ヒイナが持っておいてくれよ」

だけど、エヴァンに先を越されてしまう。

「指輪はもう、ヒイナにあげたもんだから。だから、返さなくて良い。……まあ、いらないなら回収するけど」

若干寂しそうに、言葉が付け足されて、堪らず笑ってしまう。

「そういう事なら、じゃあ、持っておく」

「おう。そうしてくれ」

そして、十年前のように、二人で顔を突き合わせて私達は笑い合った。

「これからよろしく頼むわ――――ヒイナ」

＊　　＊

「――――ヒイナさんを王宮から追放した、ですか？」

エヴァンと再会し、ヒイナがロストア王国に向かう事になった数日後。

彼女を王宮魔道師に推挙した若き公爵閣下――ルイス・ミラーは信じられないと言わんばかりに目を大きく見開き、その事実を伝えにきた使者へ問い返していた。

「……理由は」

そして、告げられた言葉が現実であると理解をして、苛立ちめいた様子になりながらも何とか自制して言葉を投げ掛ける。

「マリベル様を始めとした他の平民出を嫌う貴族方が動いた事に加えて……その、殿下が」

使者はそこからどう言ったものかとあからさまに言い淀み、言葉を探しあぐねる。

その様子で全てを悟ったのか。

ルイスは乱暴に机を叩き、その場に立ち上がった。

「……殿下には、ヒイナさんを丁重に扱ってくれと言っておいた筈ですが」

「そ、の、貴族と異なり、魔法の適性に恵まれない平民をこれ以上、王宮魔道師として置いておく理由はない、と仰られまして」

鬼気迫るその様子に萎縮してか。

使者の男は引き攣った声で、言葉を紡ぐ。

基本的に、魔道というものは貴族にしか扱えないもの。

その認識が、常識としてこの世界には浸透していた。

だからこそ、平民が王宮魔道師として相応しくないという偏見はある程度仕方がないとも言える。

しかし、それでも、ヒイナは貴族でない者とは思えない才能を発揮して王宮魔道師としての役目をしっかり五年もの間、果たしていたではないか。

故に、ルイスは怒りの感情を抱かずにはいられなかった。

「……やはり、辺境へ向かえという私に下された命はヒイナさんを追い出す為のものでしたか」

……こんな事ならば、やはり当家に仕えてくれないかと強く頼み込むべきであったか。

今更でしかないそんな呟きを漏らしながら、ルイスは盛大に毒突いた。

「一つ、よろしいでしょうか」

「……なんですか」

「……どうして閣下はそれ程までにあの少女にこだわっておられるのですか」

使者のその質問は、この場において至極当然のものであると言えた。

公爵家の当主が、ただの平民でしかないヒイナをそこまで気に掛ける。

一体何故だろうかと、彼の様子を前にすれば誰であっても尋ねたくなるだろう。

現に、使者の男も問い掛けていた。

「単純に、ヒイナさんが「魔道」の天才だからですよ」

使者の質問に対して、ルイスはそう答えた。

「どうして私がヒイナさんを王宮にとどまらせていたか。その理由が分かりますか？」

その問いに、使者の男は首を左右に振る。

ヒイナが一部の貴族から、平民出であるからと嫌われていたにもかかわらず、王宮にとどまらせていた理由。それは、

「……歴代最高の魔道師長とも謳われた前魔道師長が唯一、自分の後継者として育てたいとまで言った人間であるからです。あの魔道師長が四年前に亡くなったにもかかわらず、今の今まで何も起こっていなかった理由は、紛れもなくヒイナさんの功績でもあります。彼女自身は功績に一切興味がないのか、極力目立たないようにしておられましたがね」

だから、いらぬ波風を立てないようにとひっそりと活動してはいたが、その活躍が常人の枠組みを超えたものであったと、実際にヒイナに助けられた事もあるルイスだからこそ、人一倍理解をしていたのだ。

「王宮の連中は聞く耳をまるで持たない。四年前に、歴代最強とも名高かった先代の魔道師長が病で亡くなられたにもかかわらず、何も起こっていない事がどれほど異常であるかを」

それ程までに、彼女は重要とも言える人物であったのだ。

ルイスは知り得ないが、ヒイナは十年前。

隣国であるロストア王国にて、エヴァンの世話役を任されていた魔道師からも、天才であると称されていた。

だからこそ、

「……色々とまずい事になりますね。上の連中が軽んじている分、それは余計に」

これから起こるであろう未来を想像して、ルイスは一人、苦々しい表情でそう呟いていた。

第二章　エヴァンとの再会

がたん。がたん。

小石を飛ばしたり、乗りあげたり。

車輪を動かして音を立てて前へ進む馬車に、半ば強制的にエヴァンに乗せられていた私は窓から射し込む暖かい日差しも相まって猛烈な眠気に襲われていた。

意識が揺蕩《たゆた》う中でどうにかそれを繋ぎとめながら、そういえば私とエヴァンの出会い方って変わってたよなあ。

そんな事を思いながら、ひとり私は懐かしんでいた。

◆　◆

私とエヴァンが出会ったきっかけというものは、本当に私にとっては偶然の産物だった。

「先生」は、似たもの同士がなるべくして引き寄せられただけ。そう言っていたけれど、私にとってはどこまでも偶然だった。

『―――そこで何してるの』

始まりは、私のその一言。

偶々、家の近くの森にて山菜を採っていた私は、その日に限って何となく、踏み入った方が良い気がして、奥へと進んでいた。

そこで私は、仏頂面で、不貞腐れて、不機嫌そうで、身体中泥だらけの少年と出会った。

見慣れない人だったから、道に迷ったのかなって思って声を掛けたのにその子は全然返事をしてくれなくて。でも放って置けなかったから結局、日が暮れるまでその子に私は構い続けた。

それが、私とエヴァンの出会い。

正直、間違ってもそれは「素敵」とは言えないものであった。

『何もかもがつまらないんだ。……お前には分からない悩みだろうけど』

木の幹に背をもたせかけ、ぼけっと青色から茜色に変わって尚、ずっとその空を眺め続けていた少年は、唐突にそんな呟きを漏らした。

折角心配をして、ずっと話しかけてあげてたのに、漸く口を開いたかと思えばそんな憎まれ口で、思わずカチンと来た。

『……つまらないって何が？』

『全部』

にべもなく答えてくれる。

でも、あまりに返事が大雑把過ぎて私にはいまいちピンと来なかった。

そして、ずっと空を仰いでいた少年の視線がその時初めて私に向く。

『……誰もが言うんだよ。凄いだ。天才だ。羨ましいだ。そんな、世辞の言葉を飽きもせずにひたすらおれに』

『良い事じゃないの？』

『なわけあるかよ』

苛立ちめいた様子で即座に返事がやってくる。

彼の事はよく知らないけれど、天才であるのなら、それは幸せな事なんじゃないのかなって思ったのに、彼は違うと即答していた。

『好きでなったわけじゃないのに、気付けば誰かしらに僻《ひが》まれてる。努力をしても、それが当たり前であると思われる。そんな人生、楽しいか？』

きっとそれは、恵まれているのだろう。

けれど、恵まれているけど、恵まれていない。

そんな矛盾を孕んだ恵まれ方だ。

『挙句、あいつらが見てるのはおれじゃない。天才であるエヴァンという人間しか見てねえんだ。だからおれは嫌気がさして逃げ出してやった。もう、誰の顔も見たくなかったから。あいつらの声を聞くだけで、腹が立って仕方がなかった』

……だから、おれは迷子じゃない。

今更ながら、私の考えをそう否定された。

ただ、漸く話してくれた彼の話というものは、私にとっては全く縁のないものであった。

でも、目の前の少年が本心から悲しんでる事は分かった。

先の言葉は偽りではないと何故だか分かった。

そして何故かその時の私は、そんな彼を助けてあげたいと思ってしまったんだ。

だから、

『あのさ。天才って、何が天才なの？』

尋ねる事にした。

『あ？』

『結局それって、理解されないから辛いんだよね。だったら、私が理解してあげる』

そう言うと、どうしてか彼に鼻で笑われた。

『……お前は『魔道』のまの字も知らないだろ』

『『魔道』？』

『ほらな』

どうやら、少年が天才と呼ばれている所以というものは、その『魔道』というものが理由であるらしい。

『……じゃあ教えてよ。私に、その『魔道』ってものを』

ここで黙って引き下がっては、私が負けたような気がして。

だから、食い下がる。

『時間の無駄だろ』

『どうせ無駄にしてるんだし、いいじゃん』

『…………』

図星だったのか。

彼は気不味そうに黙り込んでいた。

やがて、十数秒と沈黙の時間が過ぎ、

『……一回だけだぞ』

一度やれば私が黙ると考えてか。

妥協の言葉を口にして彼はその場から立ち上がり、そして一度限りの『魔道』のレクチャーが始まった。

『魔道』とは、血液と共に身体を巡る『魔力』を感知する事から全ては始まる。

それを手に集約させ、撃ち出す。

その際に大事な事はどんな『魔道』を繰り出すのか。鮮明なイメージを頭に思い浮かべる事。

その二つさえクリアしていれば――

『――〝第六位階水魔道《メイルストローム》〟』

彼がそう呟いた直後。

一瞬にして、特大の魔法陣が私達の目の前に浮かび上がり、そこから渦巻いた水柱が猛烈な勢いで打ち上がってゆく。

私にとってそれは、正しく幻想風景であった。

同時に、自分自身を天才と呼んでいた彼が真に天才であるのだと認める。

……ただ。

――出来る気はしないけど、やってみない事には何も分からないよね。

そう、心の中で自分自身に言い聞かせて、彼に倣うように私も目の前に手のひらを向ける。

そして目を瞑り、先ほど見た光景を頭の中で思い浮かべた。

私には『魔道』の心得なんてものは全くないから本当に全て、感覚で。

彼に教えて貰った言葉だけを信じて、強くイメージする事だけを心掛ける。

すぅ、と思いきり息を肺に取り込んでから、一字一句同じ言葉を、

『――〝第六位階水魔道《メイルストローム》〟！！！』

紡いだ。

『あ、れ？』

……けれど、魔法陣こそ浮かび上がったものの、先程のように水柱が沢山打ち上がる事はなく、小さく細い水柱っぽい何かがちょこんと一度打ち上がるだけに終わった。

『……う、うそだろ……。い、や、お前、『魔道』について全く知らなかったんだよな……？』

でも、その結果は彼にとって予想外に過ぎたのか。驚愕に目を見開いて詰め寄ってくる。

『……そうだけど』

私が答えると、少しだけ悩むような素振りを彼は見せる。

やがて、

『……次は目を開けて撃ってみろよ。イメージと聞くと目を閉じてしまいやすいが、『魔道』の場合は別だ。目を開けてイメージをした方が上手くいきやすい。それと、『魔力』の扱い方ももう少しちゃんと教えてやる』

何故か、急に乗り気になって早口に言葉が発せられる。表情にあった険は、少しだけ薄れていた。

そこから、エヴァンによる『魔道』の特別授業が始まった。

結局、辺りが真っ暗になるまでそのレクチャーは続き、母と「先生」が私達を見つけてくれるまで、それは行われていた。

私とエヴァンは〝第六位階水魔道《メイルストローム》〟の練習のし過ぎで、別れる時にはすっかり二人して水浸しになっていて。

――――お前、天才だわ。

別れ際。

最後まで〝第六位階水魔道《メイルストローム》〟をエヴァンのように使えなかったというのに心底楽しそうな表情で言われたその言葉は未だに忘れられない。

まるでそれは、自分の仲間を漸く見つけたかのような、歓喜に満ちたものであった。

◆　◆

そんな、昔の出会いを思い返しながら、

「――――着いたぞ、ヒイナ」

揺れる音が止まると同時に、エヴァンの声が私の鼓膜を揺らした。

柔らかい声音。

不思議と、心地がよかった。

「わあ」

エヴァンに名前を呼ばれ、窓の外の景色を覗き込むと、朧気《おぼろげ》ながら眺めていた筈の光景からすっかり移り変わっており、立ち並ぶ見慣れないゴシック式の建物が視界に飛び込んできた。

その新鮮さを前にして、逸る気持ちが行動として現れる。

気付けば私は、乗り込んでいた馬車の扉を押し開けていた。

……ただ、まだ頭がうまく回っていないのか。

気付けなかった段差を踏み外したせいで、足ががくん、と持っていかれる。

「おいっ、ヒイナ――」

私のその様子を前にして、焦燥感の込められたエヴァンの声が聞こえてくる。

でも、その時既に私の身体は前のめりに倒れていて。

だけど、次の瞬間。

ぽすん、と柔らかい感触が私の顔に広がった。

地面のような硬質さとはかけ離れた衣類のような感触。そして転げないようにという配慮なのか、抱き止められる。

そしてどうしてか、そこからは懐かしい匂いがした。

「……先生？」

お陰で、考えるより先に口を衝いて言葉が出てきてしまう。

体勢を整えながらゆっくりと顔を上げてゆくと、そこには見知った顔があった。

名を、ノーヴァス・メイルナード。

名前が長いし、私も「先生」の方が呼びやすいから「先生」って呼ぶ。

そうエヴァンと一緒に決めた、苦笑いを浮かべている銀髪の美丈夫がそこにいた。

性別は男性と聞いてるけど、長い睫毛に縁取られた大きな瞳や、甘く繊細なその容貌は、事前に知らされていなければ女性と勘違いしてしまいそうでもあった。

「お久しぶりですね、ヒイナさん」

……ただ、十年前と何一つとして変わっていないその相貌に、少しだけ思うところもあった。

先生はもう少しくらい老け込んでいても良いだろうに。そんな事を考えていると、

「……何か変な事を考えていませんか？」

にこにこと笑いながらも、どこか圧を感じさせる言葉が私の鼓膜を揺らす。

「い、いえ！」

……鋭いところは相変わらずだなあ。

そんな感想を抱きつつ、私は「失礼しました！」とだけ告げて先生の側から少しだけ距離をとった。

「着いて早々、危なっかしし過ぎるだろ……」

「あ、あはは」

先生と私が話している間に、馬車から降りてすぐ側にまでやって来ていたエヴァンに呆れられる。

本当にその通りで、心の中で私も自分自身に向けて何度も言い聞かせておく。

「にしても懐かしいものですね。こうして三人が集まる、というのも」

「十年振りだしな」

先生のその言葉のお陰で、すっかりエヴァンに聞き忘れていた事を思い出す。

「……そういえばエヴァンって、この十年何してたんですか？」

ただ、本人に聞くと何となく教えてくれない気がしたので質問の矛先は先生だ。

「そう、ですね。あえて答えるとすれば、準備、ってとこでしょうか」

「準備、ですか」

それが一体、何の準備であるのか。

一番重要であろうその部分を、何故か先生は言ってくれなくて。

「それ以上を言っては、エヴァン様にお叱りを受けてしまうので。まあ……ただの照れ隠しですよ」

私の内心が顔に出てしまっていたのか。

だからこれ以上は勘弁してくれと先んじて言われてしまっていた。

準備って一体何の準備？

と、聞きたくて今度はエヴァンに視線を向けるも、

「……いずれな」

今は答える気がないのか。

そうはぐらかされてしまう。

でも、いつか話してくれるのなら、まあそれでいっかと渋々納得する事にした。

「それよりもだ。折角こうして再会出来たんだ。久々に、おれがヒイナの魔道を見てやるよ」

いい場所があるんだ。

そう言って目を輝かせるエヴァンはやっぱり昔と何一つ変わってなくて。

「あまりやり過ぎないで下さいね。大臣が涙目でまた押し掛けてくる事になりますから」

「……そ、そんな事もあったな」

先生の注意を聞く限り、護衛を撒いて勝手に一人で森にやって来るやんちゃぶりは未だ健在であるらしい。

そして、注意を受けて目を泳がせるところも。

「ぷっ、あははっ」

その光景が私にとってどうしようもなく懐かしくて、面白くて。堪らず笑ってしまう。

「見てやるとか言ってるけど、もう私の方がエヴァンより上かもしれないよ？」

なにせ、この五年、私はずっと王宮魔道師として魔物を相手にしていたのだから。

技量はそれなりに上がっていると自負している。

「ほぉ。いいぜ。その挑発、乗った！」

――――どっちが上か、十年振りに白黒つけようじゃん。

目に見えて上機嫌に言葉を紡ぎながら、どこかへ向かって足早に動き出してゆく。

そんなエヴァンを私も追い掛けようとして、

「――――ヒイナさん」

何故か、私だけ先生に呼び止められた。

「ありがとうございます」

そして、どうしてかお礼を言われる。

今まさにエヴァンに付き合おうとしているからなのか。はたまた、昔の約束を果たしたからなのか。

先生が何のお礼を口にしたのか、分からなかった。だから、私は首を傾げる。

「エヴァン様は、ヒイナさんに出会われてからというもの、よく笑顔をお見せになります」

……まあ確かに、私と出会った時のエヴァンは物凄く捻くれてたし、多分私が友達一号なんだろうなあと思うくらいには取っ付き難かった。

でも、王子という立場であるなら友達作る機会なんてそうそうやって来ないかもしれないし、それは仕方ない部分もあるのかなって思って。

「いえ、エヴァン様にとってヒイナさんは、〝特別〟ですから。だから、笑顔をお見せになるんだと思います」

私の内心を見透かした先生に、否定される。

「意外と嬉しいものなんですよ。一人だけじゃないんだって、知れる事は。天才といえば聞こえは良いですが、実際問題、孤独なだけですから。……ヒイナさんさえ良ければですが、どうか支えてあげて下さい」

「それは勿論」

十年以上も待たせた事についてはまだ、根に持ってはいるけど、エヴァンと一緒にいる事は昔と変わらず、楽しそうでもあった。

貴族は嫌いな私だけれど、何故かエヴァンだけはそんな感情が湧き上がってこなくて。

何より、臣下になるとも約束してる。

王宮を追い出されて、ちょうどどうしようか悩んでた事もあったし、当分はまた一緒に笑い合えたらいいなって思いながら、私は屈託のない笑みを浮かべた。

――――二人して、なぁに立ち止まってるんだよ。早くこいよ。

気付けば随分とエヴァンとの距離が空いてしまっており、不満げな声が遠くから聞こえてくる。

「エヴァンが拗ねる前に、行きましょっか」

「それもそうですね」

呼び止めちゃってすみません。

向けられるその言葉を最後に、私は先生と一緒にエヴァンの後を追う事にした。

＊　＊

「――――それにしても、随分と早いお帰りでしたね。せめて三年間は、と約束を取り付けてらっしゃったのでもう少し時間を要するのかと思ってました」

だから、エヴァン様の乗る馬車を目にした時はてっきり見間違いかと思いまして。

そう言って、先生は笑った。

「……タイミングが良かったんだよ。タイミングが」

私の事を慮《おもんぱか》ってか。

事情を知ってる筈のエヴァンはあえて言葉を濁してくれていた。でも、まあもう過ぎた話だしと私は割り切っていた事もあって事実を伝える事にした。

「えっ、と。私、ある公爵閣下に頼んで王宮魔道師にねじ込んで貰ったんですが、色々とあって追い出されちゃって。あ、でも、元々エヴァンを探す為に入ったようなものでしたし、ほんと、もうぜんっぜん気にしてないんで」

だから、気は遣わないでくれ。

と、先んじて言っておく。

「そう、だったんですね」

「――――だがまあ、これからは安心しろよ」

少しだけ気落ちしたような声音で返事する先生の言葉にエヴァンが大声を被せた。

「そんな事をするやつは、この国にはいねーから。というか、そんな馬鹿な真似をするやつは、逆におれが追い出してやる」

王子の地位は伊達じゃねーんだぜ。

なんて得意げに鼻を鳴らすエヴァンを前に、笑わずにはいられなかった。

「……ただの職権濫用じゃん」

「権限ってのはこういう風に使うんだよ」

じゃないと王子なんてやってられるか。

そう言葉が締めくくられる。

やがて、そうこう話している間にたどり着く、郊外に位置する寂れた更地の場所。

見た感じそこは、演習場とも受け取れる体裁をなしていた。

とはいえ、好き勝手に草木が生えているだけで、もう先程までのひと気はすっかり失われていた。

「さぁて、着いた。ここなら、誰にも迷惑をかけないで済むだろ？」

喜色に表情を染めながら、待ちきれないと言わんばかりにエヴァンが言う。

程なく、一歩、二歩とゆっくり彼は私との距離を広げてゆく。

「はじめはさ、折角、十年以上振りに会うんだしって事で、おれがヒイナに何かしてあげられる事はないかって考えてたんだよ」

次いで挙げられる言葉の数々。

それは食事だったり、プレゼントであったり、観光であったり、他愛ない世間話であったり。

「でも、そういうのは何か、おれらしくない気がして。そう考えると、一番初めにする事といえばこれしかないかなって思ったんだよ」

導き出したエヴァンの答えこそが、

「十年以上振りの、『魔道』の比べ合い」

――――『魔道』。

間違いなくそれは、私とエヴァンが仲良くなったきっかけであり、共に過ごした短い期間の中で一番一緒に触れていたものであった。

「おれらしいだろ？」

「……うん。そうだね。確かに、それもそうだ」

私達の思い出の大半が『魔道』によるもの。

だったら、これはぴったりだ。

何より、ずっと昔に一度も勝てなかった相手に、十年以上越しに一泡吹かせてやるというのも悪くない。

散々待たせてくれたお返しを、ここで倍返しに上乗せしておくのも悪くなかった。

そして、十分過ぎるほど私との距離を取ったエヴァンの足がやがて止まる。

次いで、さあ、始めるか。

といったところで、

「――――そういえば、ヒイナさんはどんな任務をこなしていたんですか」

私の側にいた先生から、唐突に質問が飛んできた。

任務、という事は王宮魔道師として活動していた頃に対する問い掛けなのだろう。

そう自己解釈をして、答える。

「ベロニア・カルロスさんって方の後任をさせていただいてました」

半ば押し付けるように、とある貴族様から与えられた任務。

当時、魔道師長って呼ばれていたベロニアさんのお手伝いをさせて貰っていた。

怒られる事はなかったし、一応褒められていたから私の役目はこなせていた、筈だ。

魔物だってそれなりに倒せてたし。

ただ、追放されてしまった手前、今や、ちゃんと出来ていたかあんまり自信はないけれども。

「……ベロニア、カルロスですか」

何故か先生は驚いていたけれど、既にエヴァンが私に向けて手のひらを向けており、その後に続いたであろう言葉に耳を傾ける余裕はなかった。

そして、エヴァンに倣うように私も手のひらを向ける。きっと、彼ならばあの魔道を選ぶ。

そんな確信が、私の中にあった。

「馬車の中にいた時からずっとうずうずしてたんだ。だから、早速始めようか、ヒイナ――――」

辛うじて聞き取れたエヴァンの声を耳にしながらすぅ、と息を吸い込んで、

「――――〝第六位階水魔道《メイルストローム》〟――――――!!!」

私達は同時に言葉を紡ぐ。

それが、始動の合図となった。

直後、全く同じタイミングで宙に描かれる天色の特大魔法陣。それが、二つ。

しかしそれらは互いに衝突し合い、程なく相殺されて消滅。

僅かに残った飛沫が、周囲に響く盛大な破裂音と共に散らばってゆく。

その事実を前に、目に見えてエヴァンは驚いていた。

だけれど。

「これだけで終わらないよ」

そして、エヴァンからの返事を聞く前に私は向けていた手のひらを左から右へスライドさせるように平行移動させる。

「〝多重展開《リフェイク》〟」

立て続けに魔法陣を展開。

それも、今度は一つだけでなく――――一気に五つ。五方向からによる〝第六位階水魔道《メイルストローム》〟だ。

水浸しになっちゃえ。

しかし、私の想いは天に通じなかったのか。

「……ッ、〝多重展開《リフェイク》〟!!」

驚いた様子でありながらも、全く同じ言葉と同じ数の魔法陣が眼前に展開される。

そしてまた――――相殺。

「は、ははっ！　やっ、ぱり、相変わらず天才だよお前!!　〝普通〟は第六位階クラスの『魔道』を多重展開《リフェイク》なんて出来っこないんだけどなぁッ!?」

実際に目の前に出来ている人間がいるのに、普通は出来っこない。

なんて言われても信憑性がないにも程がある。

でも、こういうやり取りは特に久しぶりだったからか、とても楽しくて。

だからつい、もっと驚かせてやろうとか思ってしまう。

ただその感情は、私だけじゃなくてエヴァンも同じだったのか。

「〝多重展開《リフェイク》〟が出来るんなら、んじゃ次は七つ、い、く、ぞ!!」

声を弾ませて、子供みたいに笑う。

「どんどん増やしてくっから、無理なら無理って早く言えよっ！！？」

言葉の通り、展開される七つの魔法陣。

それらを相殺せんと、今度は私が合わせて陣を展開する。

相殺。展開。相殺。展開。

ひたすらその繰り返し。

その最中、巻き込まれないようにと私達からゆっくりと距離を取っていた先生から、苦笑いを向けられたような気がしたけど、多分それは気のせいではなくて。

十年以上振りの『魔道』《意地の張り合い》の比べ合いは、まだ始まったばかりだった。

＊　＊

「――――やあ。やあ。まぁた随分と派手に暴れちゃってるねえ？　どうしたんだよ世話役。この調子だと、大臣が涙目で押しかけてくるの時間の問題じゃないかな」

だって、魔道の衝撃が城にまで届いてたし。

けらけらと笑いながら、他人事のようにノーヴァスに話しかけるのは赤髪短髪の痩軀の男性。

名を、レヴィ・シグレア。

ロストア王国に籍を置くシグレア公爵家の自由奔放で知られた若き当主であった。

「……また抜け出してきたんですか」

「勿論。政務は息が詰まって仕方が無くてねえ。こうして息抜きでもしてなきゃやってられんさ」

抜け抜けと言い放たれるレヴィのその言葉に、ノーヴァスは、はぁ、と殊更に深い溜息をついてみせる。

自由奔放。

といえば聞こえはいいが、実際はただのサボり魔というのがレヴィという男の実態であった。

「どうしてこんな男が、公爵家の当主なんでしょうね」

「有能だから？」

「……エヴァン様含め、この国の能力ある人間は癖がないといけないという制約でもあるんですかね」

その現実を直視したくないのか。

一度目を瞑り、そしてまた、ノーヴァスは溜息を吐いていた。

「それにしても、あれ。とんでもないね」

「閣下の目から見ても、そう映りますか」

「一言で表すなら〝規格外〟ってとこじゃない？」

今も尚、〝第六位階水魔道《メイルストローム》〟を楽しそうに〝多重展開《リフェイク》〟を使って相殺し合う光景を前に、若干引いた様子でレヴィが答える。

「でも、あのレベルなら、正規の手段で迎えられたんじゃないの？　出自不明の人間を臣下に迎えるために、あれから更に七年も費やす必要はなかったように思えるけど」

元々、ヒイナを迎えに行こうと思えば、エヴァンは別れてから三年後の時点で迎えには行けたのだ。

しかし、その行為には周囲からの反発があった。何より、それをしてしまえばヒイナにとっても不幸になると、エヴァンにとって近しい人間から彼に指摘が向けられていた。

だから、エヴァンは問うた。

自分は、どうすれば良いのかと。

そして、問われた彼の父であり、現国王は、ロストア王国のとある魔物発生区域にて、七年討伐の任につけと命を下した。

それを完遂するだけの覚悟と、功績があるのならば、もうお前のその行動に誰一人として文句は言わさん。

そんな条件を取り付けていた。

「……エヴァン様の言葉を借りるならば、そんな状態で迎えに行けるかよ。だ、そうです」

「成る程ねえ。あの子は正真正銘、殿下のお気に入りってわけだ」

喜色に笑むレヴィの姿を前に、嫌な予感でも覚えたのか。ノーヴァスは眉を顰《ひそ》める。

「ロクでもない事を考えてませんか」

「まっさかあ。ただ、気晴らしにいつかちょーっと殿下を揶揄《からか》おうかなって思っただけだよ」

まごう事なきロクでもない事じゃないですか。

疲労感を滲ませてそんな言葉を口にするノーヴァスであったが、口角をつり上げるレヴィにはどこ吹く風。

殿下って反応面白いし、揶揄い甲斐があって。

当然のように続けられたレヴィの悪戯《いたずら》心に満ち満ちたその一言に、ノーヴァスは堪らずうな垂れ、説得を放棄した。

「とはいえ、これだけの実力者を腐らせておくには惜し過ぎるねえ」

「……曰く、ヒイナさんはあのベロニア・カルロスの後任をなさっていたらしいですからね」

「……ベロニア・カルロスって、あの？」

「恐らくは」

ロストア王国の隣に位置するリグルッド王国。

かの地にて、〝賢者〟とまで謳われた魔道師がいた。既に故人であるが、その名声は他国にまで響いており、ある程度世情に詳しい人間であれば、誰もが知っている程の有名人であった。

「というか、後任をしていたというより、それ完全に厄介払いで押し付けられただけでしょ。……だけど、驚く事に彼女は持ち前の才能でなんとかしてしまったと。これまた殿下が聞けば、荒れ狂いそうな話だね」

「全くです」

「しっかし、よくもまあ、そんな重要人物を招けたもんだねえ」

「いえ。ヒイナさんが言うには、追い出されていたらしいですよ」

「……うん？」

レヴィにとって、ノーヴァスのその言葉は到底信じられないものであったのか。

素っ頓狂な声を漏らしていた。

「……いや、いや。あんな子を追放しちゃうの？　あんな、才能の塊を？」

あからさまに動揺するレヴィの目の前では、エヴァンと共に『魔道』の比べ合いをする規格外が一人。

とてもじゃないが、追放するべき人材でない事は誰の目から見ても明らかであった。

けれど、驚愕に目を見開くレヴィの様子も、次第に落ち着いていく。

「……うんや、出自不明であるのなら、それを嫌う人間は一定数存在する、か」

貴族という生き物は厄介なもので、いくら才能があろうと、血をはじめとした地位を重んじる風習故に、平民と呼ばれる者たちが軽んじられる事は少なくない。

そしてそれは隣国であるリグルッド王国だけに限らず、ロストア王国でさえもその風習は僅かながら残っていた。

「そういえば彼女、殿下の臣下になるんだったっけ」

「ええ。そう聞いていますよ」

「だったら、僕が仕事を押し付けても問題ないよねえ？」

客人でなく、臣下になるのならば。

その確認をしてからレヴィはゴソゴソと胸元に手を突っ込んで手探りに何かを探す。

「押し付ける、ですか」

「あー、待って待って。変な言い方しちゃったけど、一応これ彼女の為でもあるからさあ」

だからそんな怖い目を向けないでよとレヴィは慌てて弁明。

「ちょうどね、殿下達にぴったりな仕事があるんだよ。強力な『魔道師』が必要なお誂《あつら》え向きの、ね」

「……成る程」

「一応、殿下と国王陛下との約束は多くの人間が知るところであるから表立って文句を言うやつはこの国にはいないけれども、殿下の臣下がただ飯ぐらいってのは色々とよろしくないでしょ？」

だから早速ではあるが、仕事をこなさせ、地位をそれなりに確立させてはどうかとレヴィが言う。

「というわけで、はい」

そして、封のされた書状をノーヴァスに向けて差し出し、押し付けるようにして渡してきた。

「今は無理だろうから、そうだね。君が機を見て渡しておいてよ」

未だ展開される『魔道』の比べ合いを一瞥し、当分は無理であると悟ってか。

ノーヴァスに任せてレヴィは背を向ける。

「ただまあ、これは強制ではないから、やるかどうかの最終判断は殿下に任せるって事で。けど、それはネーペンスが寄せてきた依頼だから、受ける価値は十分あると思うよ」

その分、仕事の内容もハードっぽいけど。

その一言を最後にレヴィはその場から離れてゆく。

ネーペンス・ミラルダ侯爵。

レヴィが別れ際に口にしていた人物の名であり、典型的な選民思想を持ったロストア王国に属する貴族の名であった。

ただ、彼の場合は、魔道師としての実力も高く、代々高名な魔道師を輩出している御家故の選民思想でもあった。

だからこそ、彼相手であれば実力を証明してしまえば間違いなく黙る。メリットもある事だし、この依頼を受ける価値は十分あるんじゃない？

というのがレヴィの言い分であった。

第三章　とある公爵からの依頼

あちこち、水気だらけ。

熱を入れて『魔道』の比べ合いをしていたせいで、私とエヴァンはまるで雨にでも打たれたかのように、水浸しになっていた。

「やります。それ、やります」

二人して同じタイミングで『魔力』切れを起こし、結局勝敗つかずで終わってしまった丁度そのタイミングを見計らって投げ掛けられた先生の言葉に、私はそう言って即答した。

先生曰く、ある場所で発生している魔物討伐をお願いしたい、との事。

臣下といっても何をして良いのか分からなかったし、仕事を貰えるのであればそれに越した事はない。

だから、是非、と思った。

「何なら、私は今から向かっても――――」

構いません。

と、言おうとしたけれど、ついさっき『魔力』切れを起こしていた事を思い出して慌てて口を閉じた。

「取り敢えず、『魔力』の回復を待つ他ないわな」

遅れて、エヴァンから笑い混じりにそう指摘を受ける。

「では、一度城に戻りましょうか。この仕事を受けるのであれば、色々と準備も必要でしょうし。何より、その状態では風邪をひいてしまいますから」

びっしょりと肌に張り付いてしまった服と、前髪の先端から未だ水を滴らせているこの状態では、反論なんて出来るはずもなくて。

これからエヴァンの臣下として働くのであれば、色々と挨拶もしておかなきゃいけないだろうし、流石に事を急き過ぎたかな。

なんて反省しながら、私は先生の言葉に従うことにした。

＊　　＊

「で。何で私、お風呂に入れられてるんだろう」

あれから郊外から王都へ戻り、その足で王城に向かった私達であったんだけど、到着するや否や、王城勤めのメイドさん達に囲まれてあれよあれよという間にお風呂に案内されていた。

タオルか何かで拭きさえ出来ればそれで良かったのに。

そんな一言を口にする余裕すらもなく、さあさあさあと案内されてしまったせいで遠慮の言葉も真面《まとも》にいえず、こうして湯船に浸かる事になっていた。

「……先生の仕業、だよね」

私とエヴァンが何をして。

そしてその結果、どうなるのか。

それら全てを見事に予想してみせた上で、こうして準備をしていたのではないのか。

そう考えると、色々と腑に落ちた。

――風邪をひいてはいけませんので、最低でも二十分はお浸かりになって下さい。

などと言って私をお風呂場に押し込んでくれたメイドさんがお風呂場の外で見張るように待機している為、出ようにも出られない。

だったらと、お湯に肩まで浸かりながら、私はお風呂を堪能する事にした。

それから十分程経過した頃。

何やらお風呂場の外が妙に騒がしくなり、二度、三度と制止を試みる声が聞こえてくる。

でも、投げ掛けられる声に構わず、やがてお風呂場の扉が勢いよく開かれた。

「はじめまして」

私の前に現れたのは、全く面識のない綺麗な少女だった。

奥に控えるメイドさんは、やけに萎縮してしまっており、恐らく唐突にやってきた目の前の少女の地位は高いものなのだろう。

エヴァンと同じ、金糸を思わせるさらりとした金色の髪。それ故なのか。

不思議と、少女からは、エヴァンの面影が少しだけ感じられるような気がした。

「ヒイナさん、であってたかしら？」

どうやら、彼女は私の名前を知っているらしく、名を呼ばれる。

「……ええ。そうですけど」

「良かった」

投げ掛けられた問いにぎこちない動きながらも首肯すると、柔和な笑みが向けられた。

「じゃあ、少しだけわたしとお話ししない？」

何がじゃあ、なんだろうか。

そんな感想を抱いてしまうけれど、どう見ても断れそうな雰囲気ではなかった。

「わたしの名前は、シンシア・ヴェル・ロストア」

続け様に告げられる少女の正体。

その名前は、彼女が王族であるという事実を示していた。

「兄の事について、少しだけ貴女と話してみたかったのよ」

「エヴァンについて、ですか」

「そう」

流石にこの話の流れで、兄といえばそれが誰であるのかなんてものは容易に想像が出来てしまう。

「貴女を迎えに、わざわざ隣国にまで赴いていた筈の兄が帰って来たっていうじゃない？　だから、貴女もいるんじゃないかってこれでも駆けつけて来たのよ？」

そう口にするシンシアは、言葉の通りお風呂場にまで駆けつけて来たのか。

着衣しているひらひらとした部屋着と思われる紺色のワンピースには、所々に皺が見受けられた。

「ただ、個人的にはその可能性は50％くらいにしか思っていなかったのだけれども」

要するに、半分程の可能性でエヴァンは一人で帰ってくる羽目になると。

シンシアはそう予想していたと教えてくれる。

「だって、臣下になると約束を交わしていたとはいえ、十年も前の約束でしょう？　しかも、それは幼少の頃のもの。律儀に守る人間なんて、果たして何人いる事やら」

……私がその約束を律儀に守ろうとしていた人間だからこそ、彼女の言葉にどう返事をしたものかと返答に困ってしまう。

「だから、一度貴女に話を聞いてみたかったの。どうして、十年も前の約束を守ろうとしてたのか、を。まあ、ちょっとした好奇心というか、確認というか」

そう言いながらシンシアは私との距離をゆっくり詰めてゆき、やがて湯船にちゃぷんと音を立てて足だけ浸からせた。

「きっと、そこには理由があると思うのよ。何かしらの重要な理由が。だから、わたしは貴女に話を聞いてみたかったの。あの偏屈だった兄を変えた貴女という存在は、一体何であるのか、をね」

詰問、とはまた違うものであった。

本当に、興味本位で聞いてみたいだとか、そんな感じ。

でもだからこそ、困惑してしまう。

私にとっての理由は、約束をしたからとか。一緒にいると楽しかったからとか。あの頃の思い出が忘れられなかったからとか。そんな曖昧な理由しか持ち合わせていなかったから。

「……好きとか、愛してるとか。そんな理由じゃないの？」

言葉を探しあぐねる私を見かねてか。

シンシアが意外なものを見るような眼差しを私に向けながら、更に言葉を重ねる。

だけれど、それらの言葉にはいまいちピンとこなかった。

ただ単に、一緒にいると楽しかったから。

そんな理由じゃダメなのかなって思って。

「……もしかして、兄から聞いてないの？　その指輪の意味」

「意味、ですか？」

持っておいてくれ。

そう言われて渡されただけだから、シンシアの言葉の意図がよく分からなかった。

「……あの馬鹿兄。やっぱり何の説明もなしにアレを渡してるじゃない。……いい？　ヒイナさん。その指輪は、王族の人間が婚約者に――」

そこまで言って、何故か彼女は微かに眉を顰めて口を閉じた。

次いで小さくかぶりを左右に振って、「……いえ。これはわたしが言うべき事じゃなかったわね」と、自嘲染みた言葉が紡がれる。

「……一緒にいたかったからとか。放っておけなかったからとか。そんな理由じゃ、おかしいですかね」

「放っておけなかった？」

「うまく言葉では言い表し辛いんですけどね」

私の記憶の中のエヴァンは、いつも馬鹿みたいに笑ってた。あと、私の事を事あるごとに「天才」って呼んでた。

当時はその理由がよく分からなくて放っていたけど、あれは自分が特別じゃないって言い聞かせる為のものだったんじゃないのかって、最近は思うようになった。

「目を離してしまうと、どこか手の届かない遠くに行ってしまいそうで。だから、交わした約束を破ろうとは思えなくて。それに私にとってもエヴァンは初めての友達でしたから、その、大切だった、と言いますか」

例えるなら、ガラス細工のような。

容易く砕き割れてしまう、そんな儚さが当時のエヴァンにはあった。

何より、彼が約束を破るような人間じゃないって、知ってたから。

だったら、それに応えてあげなきゃって。

「でも勿論、一緒にいて楽しかったから、っていうのが一番の理由ですよ。また、一緒にいられたらなって思ってたから約束を覚えていたわけですし」

「……成る程ね。確かに、あの頃の兄は色々と放っておけない人間だったわ」

目を離すと、どこか遠くに行って、それきり帰ってこないんじゃや。

そんな危うさは確かにあったとシンシアが私の発言を肯定してくれる。

「でも、そう。友達、ね」

少しだけ、不満げだった。

でも、あくまでそれは「少しだけ」。

私の目からは、反芻するその言葉に納得しているようにも見えた。

「そういう理由も、有りなのかもしれないわね」

湯に浸かる足を動かしながら、自分自身を納得させるようにシンシアは呟く。

「兄が連れて来た人がとんでもない悪女だったら、わたしがとっちめてやろう。なんて思っていたのだけれど、取り越し苦労だったみたい」

そう言ってシンシアは笑うけれど、私からすればその発言は全くもって笑えなくて。

「と、とっちめて!?」

「一応、あんなんでもわたしの兄だもの」

だから、このくらいは気に掛けて当然じゃない？　と、つい動揺してしまった私に言葉が向けられる。

「でも、話す限りヒイナさんは良い人そう。……ねえ。貴女さえ良ければ、もう少しお話ししない？　次は兄の話題じゃなくて、ヒイナさんが暮らしていたリグルッド王国の事でも。わたし、この国からあまり出た事がなくて、他国の事をあまり知らないのよ」

これから顔を合わせる機会も増えるでしょうし、折角だからもっとお話ししましょう？

花が咲いたような笑みを浮かべながら、そう口にするシンシアの申し出に、特別断る理由もなかったので私は頷く事にした。

それからというもの、故郷はどこだとか。

好きな食べ物だとか、得意な『魔道』についてだとか。質問攻めをするシンシアとすっかり話し込んでしまい、気づいた時には既にお風呂場に入ってから一時間以上も経過してしまっていて。

「それで中々風呂から出てこなかった、と」

茹で蛸のように顔が真っ赤となってしまっていた私は、熱を冷ます為にと案内されたバルコニーにて、風にあたりながらエヴァンのその言葉に苦笑いを浮かべていた。

「……別に、シンシアの我儘に付き合う必要なんて無かったろ。機を見て切り上げればいいものを」

「ううん。私が好きでお喋りしてただけだから。だから、付き合ったというより、付き合って貰ったというか？」

「……まあ、ヒイナがいいなら別にいいんだけどさ」

服はびしょ濡れになった普段着と、あと数着ほど持って来てたんだけど、馬車に置きっぱなしにしちゃってたから一時的にシンシアからお揃いのワンピースを貸して貰う事になっていた。

ついでに、今度シンシアと一緒に服を買う約束もしたって付け加えると、「そうか」なんて生返事が返ってくる。

ものすっごく、どうでも良さそうな返事を前に、つまんなーって口を尖らせてやろうか。

なんて思ったけど、すんでのところでそれはやめておく事にした。

でも、その代わりに、

「大変だったでしょ」

私はエヴァンに向けて脈絡のない労いの言葉を投げ掛ける。

案の定、彼は何の事だよと言わんばかりに驚いていた。

「私の事」

王宮魔道師としてなまじ働いてしまったが為に、現状の異常性というものは誰よりも理解しているつもりだった。

この国では、私という存在を知った上で、友好的に接してくれる人があまりに多かったから。

初めこそ、十年も待たせやがって。

なんて思ってたけど、エヴァンの身分が王子であるならば、話は別だった。

貴族と呼ばれる者達にこぞって出自だけで嫌われていた私という存在を臣下として迎え入れる。

そこにはとんでもない労力があって。

そのせいで十年も時間を掛ける必要が生まれたんじゃないのかって思うと、なんか、申し訳なさすら湧き上がってしまっていた。

「そんな事か」

割と真剣に考えた上での発言であったというのに、何故か鼻で笑われる。

「気にするなよ。おれが、好きでやった事だ。それに、約束だったろ」

私は、臣下になる。

エヴァンは、迎えにくる。

それが、私達が交わした約束だった。

「まあね」

ずっと昔も、エヴァンはただの口約束一つで色んな無茶やらかしてたよなあって回顧しながら私は顔を綻ばせる。

「ただ、流石に十年も前だから、『もしかすると』なんて実は思ったりもしてたけど」

「……れ、連絡の一つでもすれば良かったって後悔はしてる」

今だから言える本音をこぼすと、配慮が足りなかった。なんて言葉が返ってくる。

「でも、エヴァンも約束覚えてくれてて良かった」

破る人だとは思ってなかったけど、それでも経過した時間が時間であるから私も不安になっていたのもまた事実だった。

「……おれも、ヒイナが覚えてくれてて良かったよ。周りからはぜってー覚えてねえ。忘れられてるとか散々言われてたからさ。特に、シンシア」

お風呂場でそれなりに打ち解けていたお陰で、シンシアなら言いそう。

なんて感想が真っ先に出てきてつい、軽く破顔してしまう。

「まぁ、一緒に過ごした時間も短かったしね」

物足りないどころの騒ぎじゃないくらい、うんと短かった。

そして、当時は真面に理解すらしてなかった臣下になってくれ。という約束一つ。

よくもまあ、覚えてたよねって感想を自分の事ながら抱いてしまう。

「だから、割と驚かれた」

「驚かれたって、シンシアに？」

「うん。よく約束のことを覚えてたねって。あと、色恋の約束でもあったのかと思ってた、とも」

「おれとヒイナが？」

「エヴァンが縁談を断り続けてるから、てっきりそうなのかとばかり思ってたって」

「……あいつ、お喋りにも程があるだろ」

エヴァンの事についてはシンシアが面白半分にぺらぺらといっぱい教えてくれていた。

それもあって一時間以上もお風呂場で過ごす事になったんだけど、私の知らないエヴァンの話も聞けて中々に面白かった。

「それで、なんだけど。エヴァンってさ、何で縁談を断ってるの？」

「堅苦しいから」

即答だった。

「わざわざあえて、窮屈な思いをする理由なんてどこにもないだろ？　おれは楽に生きたいんだよ」

だから縁談なんてものはおれに必要ないって断じてしまうエヴァンは、どこまでもエヴァンらしくて。

――――もし可能であれば、あの偏屈な兄を説得してきてくれないかしら。……その、父が嘆いてるのよ。

この様子だと、シンシアからの頼み事は果たせそうにもないなあって苦笑いを浮かべながら私は胸中で彼女に向けて「ごめんね」と言っておく。

「窮屈な思いをする羽目になる前提なんだ」

「ヒイナみたいなやつなら考えてもいいがな。貴族は論外だ、論外。縁談を受けたが最後、どうなるかなんて目に見えてる」

疲労感を滲ませながらそう答えるエヴァンは、何か過去に嫌な思い出でもあったのか。

頑として譲らない。

という気持ちが前面に押し出ていた。

説得は……うん。無理だ。

「……私みたいなやつって、つまり平民が良いってこと？」

「違う。ヒイナみたいに、一緒にいると気が休まるような相手が良いって事」

「あー」

別に変えろと言われなかったから、態度も口調もエヴァンに対しては昔のまま。

仮にも王子である人間に対して、こんな態度で本当に良いのかって感じの対応をしてしまってる。

果てには『魔道』の比べ合い。

これでは主従というより、ただの友達だ。

でも、エヴァンはこの関係が良いのだと言う。

そりゃ、そんな相手は縁談で見つかる筈もないよねって納得してしまう。

「その様子じゃ、エヴァンは生涯独身決定だね」

「違いない」

「きっとお父さん泣いてるよ？」

「好きなだけ泣かせとけ、泣かせとけ」

悪人もびっくりな親不孝ぶりを発揮しながら、エヴァンは事もなげに笑っていた。

「おれは現状が一番幸せなんだよ。ヒイナとも再会出来たし、これ以上はない。余計な世話は焼かないで貰いたいもんだ」

シンシアには後で余計な事を吹き込むなってキツく言っておかねーと。

そう締めくくられた。

「そういえば、ヒイナが風呂から出てくるの遅いからもう先生と二人で話はまとめておいたぞ」

「話って、言ってた討伐の？」

「ああ。出来る限り早くが良いらしく、出発は明朝。で、おれとヒイナの二人で向かう事になった」

二人、というと、先生は付いてこないのだろうか。と、思った矢先に、

「先生は他にやる事があってさ。おれと二人は嫌だったか？」

「ううん。全然」

抱いた疑問に対する的確な言葉が飛んできた。

『魔道』に関してであれば、寧ろ二人の方がやり易くもあったので首を振ってその問いを否定する。

「じゃ、決まりだな」

向かう先は――――ミラルダ侯爵領。

そこはロストア王国内にあって唯一、雪が降る寒冷地。

それ故に、私が持参した服ではその寒さをとてもじゃないが凌げないだろうから。

という事で、

「成る程ね。だから、わたしが呼ばれたと」

「……本当は呼びたくなかったんだがな。だが残念な事に、おれは女物の服の事なんて分からん」

温まった身体が適度に涼んだ時を見計らって、口にされた厚手の服を買いに行こうというエヴァンの言葉に頷いた結果、私達は三人で行動をする事になっていた。

メンバーは、私とエヴァンと、シンシアの三人。

いくら王都内でお忍びとはいえ、王子と王女が護衛もなしに出歩いていいのだろうか。

リグルッド王国であったならば、絶対にあり得ないであろう光景だったけれど、周囲の人達の、
まぁた殿下達、勝手に出歩いてるよ。

という呟きを多く耳にしたせいで、これが普通なのだと納得せざるを得なかった。

「だめだよ、エヴァン。兄妹なんだし、そんな邪険にしちゃ」

僅かながら険悪ムードを漂わせるエヴァンをそう告げると、何故かお前は何もわかっちゃいねえ。

みたいな呆れの表情を向けられた。

「……あのな、おれだって理由もなしに邪険にしてるわけじゃねー。こいつは余計な世話を焼き過ぎるからあんまり関わりたくねえんだよ」

「酷い言われ様ね。わたしは親切心から行動してあげてるっていうのに」

「あれを親切心とは言わねえ。あれはな、〝嫌がらせ〟って言うんだよ」

過去に何かとんでもない事でもされたのか。

やけに実感が込められた発言を聞いては、指摘した本人である私でさえも、流石に苦笑いを浮かべざるを得なかった。

「でも、わたしの苦労も少しは考えてくれても良いと思うのだけれど？　兄さんのせいで色々とわたしが被害を被る羽目になってるのだし」

しわ寄せが及んでいる。

というシンシアの発言に心当たりがあったのか、エヴァンはうぐっ、と気不味そうな声をあげて顔を顰《しか》めた。

「被害っていうと……」

「ヒイナさんにはもう話したけれど、縁談の話ね。兄がこれだから、妹であるわたしもそうなるんじゃないのかって父が心配するのよ。それで、色々と苦労する羽目になっていて」

その気持ちは、何となくだけど分かるような気もした。

「少しくらいわたしのフラストレーションの発散に付き合ってもバチは当たらない。そうは思わない？」

「思わない」

「……ふん」

エヴァンの即答が、不満だったのだろう。

隣を歩くエヴァンの足の甲を、シンシアは思い切り踏んづけていた。

「いっ……!?」

そして更にぐりぐりと踏んづけた足を使って一頻り追撃した後、ようやく足が離れた頃には心なしか、エヴァンは涙目となっていた。

「あんなやつ放っていきましょ、ヒイナさん」

どうも、目の前にあるお店に向かっていたのか。シンシアは痛がるエヴァンを無視して私の手を取り、中へと一緒に足を踏み入れた。

「……本当にあんな奴の臣下になって良かったの？」

「ちょっと抜けてるところはあるけど、エヴァンは良い人ですよ」

「ふぅん」

ミラルダ侯爵領の事をよく知らない私に代わって服を選んでくれようとしていたシンシアは、私のその返答に、若干不満そうだった。

「兄みたいな事を言うのね」

「エヴァン、みたいな？」

「ええ。何度か兄には貴女について聞いた事があったのよ。でも、聞くたびに兄は『天才』または『良いやつ』としか答えてくれなかったわ」

何というか。

ここまでいくと、どこまでエヴァンは私を『天才』に仕立て上げたいんだ。

とか、思ってしまう。

「でも、会ってよく分かったわ。兄にとって貴女は、取っ付き易いんでしょうね。ヒイナさんは、変に畏まらないもの。特別扱いをされる事を嫌う兄が懐くのも分かる気がする」

『魔道』の才能も、聞く限りではあるけれど、似通ってるんでしょう？

と聞かれ、私は少しだけ悩む素振りを見せてから小さく頷いた。

つい数刻前も同じタイミングで『魔力』切れを起こしていたし、多分比較的似通っていると思ったから。

「だから、愛想尽かすまでは、あんな愚兄だけど一緒にいてあげて欲しいの。それと、流石にずっと独り身ってのは哀れだから、もし良かったら貰ってあげてね。いつでもあげるから」

「……人を物みたいに扱うな」

ごつん、と。

どこからともなく、軽めのグーパンチがシンシアに飛び、やがて可愛らしい悲鳴が続く。

「折角、わたしが気を遣ってあげて――――」

「そういうのを余計なお節介って言うんだよ」

何をするんだと睨め付けるシンシアの言葉を、煩わしそうに言葉を被せる事でエヴァンは強引に遮っていた。

「それと、言い忘れてたんだが、動きにくい服はやめておいてくれ。ミラルダ侯爵領には観光じゃなくて魔物討伐に向かうから、それだと色々と不味いんだ」

「……あー、それもそうだね」

今まさにシンシアが手に取ろうとしていたのは見るからにあったかそうな厚手の上着。

ただ、もこもこしている分、動き辛そうでもあった。

「すっかり聞き忘れてたんだが、ヒイナって王宮魔道師だった頃に魔物の討伐とかをしてたのか？」

「あ、うん。それはそれなりに、かな？　王宮魔道師としての私の役目は基本、魔物討伐だったから。だから、エヴァンの足は引っ張らないで済むと思うかな」

魔物とは、瘴気《しょうき》と呼ばれる淀みから生まれる生物である。

ただ、その瘴気が生まれる原因というものは未だ解明されておらず、私達が出来る事はといえば瘴気を早期発見し、備える事くらい。

だから、私はそれを行っていた数ある部隊の中の一つに割り当てられ、私を王宮魔道師に推薦してくれた公爵様の勧めもあってベロニア・カルロスさんが属していた部隊の後任という立場に落ち着いていた。

「……王宮魔道師って、エリート中のエリートじゃない」

「正規の手段で入ったわけじゃないし、王宮にはあんまりいなかったんだけどね」

知らなかったのか。

隣で驚くシンシアに、全然エリートじゃないからと補足せんと言葉を付け足しておく。

「ぁ、でも、王宮魔道師としての役目はちゃんと果たしてましたよ。……えぇ、もう、果たしすぎなくらい頑張ってましたとも……」

一部の貴族の人達に嫌味やらで揉みくちゃにされていた過去を思い出し、少しばかりナイーブな気持ちに陥ってしまう。

けれど、五年も過ごしていればうまく割り切れるようになるもので。

「まあ、そんなわけで王宮から追放されちゃった私がこうしてエヴァンに拾われたわけなんだけども」

元々、エヴァンを探す為に王宮魔道師を志願したわけでもあったし、結果オーライ。

と、当人である私は思っているんだけど、傍からはそうは見えないのか。ちょっぴり同情めいた視線を向けられてしまう。

だから慌てて、気にしないで。

という想いも込めて言葉を重ねる。

「でも、仕方ない部分もあると思うんだよね。私ってほら、平民だし。元々そんなに貴族様からの印象は良くないにもかかわらず、栄えある王宮魔道師に無理矢理ねじ込んで貰った身だから」

だから、いつかは追放されるんじゃないのかなって私自身も覚悟してた部分はあった。

それ故に、そこまで落胆めいた感情は湧き上がってこなかったんだと思う。

心のどこかで、既に分かっていた事であったから。

そして。

「成る程。つまり、この愚兄がちゃんとしてれば、ヒイナさんがそんな目にあう必要もなかったと」

「……相っ変わらず、人の傷口に塩を塗りたくるのが好きなのなお前」

「事実じゃない」

とどのつまり、エヴァンが悪い。

シンシアがそう結論付けた事により、気不味い空気が一瞬にして霧散した。

まあ、ぶっちゃけエヴァンが連絡の一つでもくれてたらこうはならなかった。

というのは紛れもない事実であるので、その部分に関してだけは庇いようもなかった。

「と、いうわけで謝罪も兼ねてここでの会計は全て兄さんの奢りという事で。さ、わたしも何か買って貰おうかしら」

「ヒイナは元々そのつもりだったが、どさくさに紛れてお前の分もおれに買わせようとしてんじゃねえ」

若干声を弾ませながら、再び服の物色を始めるシンシアに、エヴァンはふざけんなと言葉を返していた。

いがみ合ってるように見えるけど、なんだかんだで仲良いなあこの二人。

彼らのやり取りを見ていると、つい、そんな感想を私は抱いてしまっていた。

口にしたら怒るだろうから、胸の内にしまっておくけれども。

＊　　＊

――――彼女が噂の殿下の新しい臣下か。

あれから、シンシアに服を選んで貰い、エヴァンに即席で用意して貰った部屋にて一夜を過ごした次の日の事。

すっかり情報伝達は行われたのか。

ちらほらと城の中でそんな声が聞こえるようになっていた。

窓から薄茜色の曙光が射し込む早朝。

着替えたりと、ひと通りの準備を終えた私の下に訪れる一つの人影。

「先生が、もう準備出来たってよ」

エヴァンがそう言って、ミラルダ侯爵領に向かう為の服を着込んだ私に向かって声を掛けてくれていた。

ここからミラルダ侯爵領までは、馬車で向かうとなると十数日ほど要してしまう遠方に位置している。

ただ、その距離をゼロにしてしまう手段がたった一つだけ存在していた。

それが、多数存在する魔道師の中でも特に使える人間が限られている『魔道』――〝第九位階光魔道《テレポート》〟。

使える人間は、ロストア王国内でも先生を入れて二人しかいないらしく、それ故に私達をミラルダ侯爵領に送る役目を負う先生は、今回同行出来ないのだとか。

「魔物討伐、って話だけれど、私達の役目はここ最近、ミラルダ侯爵領で大量に魔物が発生してる原因を探ってきて欲しい、なんだよね」

大前提として、ここ最近、異常な速度で発生している魔物の討伐。

加えて、可能であればその原因を探ってきて欲しい。というのがミラルダ侯爵から寄せられた依頼であるらしい。

だからこそ、ある程度の長丁場は覚悟しておかなければならなかった。

多めに食料を詰め込んだバッグを閉じ、それを背負いながら私はエヴァンの方へと振り返る。

「急に発生するようになったって事は、やっぱり親玉みたいな魔物が出現したって事なのかな」

王宮魔道師として活動していた時にも、何度かそんな場面に遭遇していた。

そして決まって、その時は何やら親玉のような魔物が存在し、他の魔物を従えていた。

「恐らくは。ただ、少なからず心当たりはあるだろうから、侯爵から一度話を聞くべきだろうな」

「うん。それは勿論」

何も話を聞かずに猪突猛進に突き進む。

というつもりは毛頭なかったので、エヴァンのその言葉に頷く。

そしてひと通りの準備を終えた私は迎えに来てくれたエヴァンと共に、先生が待つ場所へと向かった。

＊　＊

皎々《こうこう》とした陣が床一面にびっしりと刻まれた城の中に位置する一室。

エヴァンに案内をされてやって来たその部屋の物珍しさに私が目を奪われていると、

「ヒイナさんは、初めてでしたっけ。〝第九位階光魔道《テレポート》〟を見るのは」

既にいた先生から、声を掛けられる。

「知識としては一応知っていたんですけど、実際に見るのは初めてですね。陣と陣を繋ぐ『魔道』、でしたっけ」

通常の『魔道』は望んだ場所に陣を刻み、そこから『魔道』を発現させる。

という順序を辿るものであるのだが、〝第九位階光魔道《テレポート》〟だけはそれらと異なり、予め、転移させたい場所に術者が陣を刻んでおく必要があった。

「ええ。あと、初めてという事でしたら色々と不快感が襲うかもしれませんが、それは時間の経過と共に治るはずですのでご心配なさらないで下さい」

「一種の酩酊感、みたいなやつだな。まあ、別にどうって事もない奴もいるし、特別深刻視する必要はないと思うぞ」

隣で話を聞いていたエヴァンがそう補足をしてくれる。

きっとエヴァンは既にテレポートの経験があるんだろうなって思いながら、私は彼らの発言に頷いた。

「にしても、エヴァンと二人で何かするって随分と久しぶりだよね。魔物討伐なんて二回しか経験なかったし」

――――折角だし、おれら二人で魔物を倒しに行こうぜ。そんでもって、先生を驚かせるんだ。

まだまだエヴァンが悪ガキだった頃。

折角、『魔道』を使えるようになったんだし、ヒイナも魔物の討伐したいよな。

なんて申し出で押し切られ、二人で魔物討伐に向かった時の思い出が不意に思い起こされる。

「……おれとしてはもっと経験したかったんだが、あの時は先生にこっ酷く怒られちゃったからな。三度目はありませんって事でそこからヒイナも先生から『魔道』を教わり始めたんだっけか」

「そうそう」

すぐ側に怒っていた張本人がいるにもかかわらず、私とエヴァンは顔を突き合わせて笑い合う。

チャンスがあったら三回目もやりたかったよな。なんてエヴァンが付け足すものだから、先生はあからさまに溜息をついて呆れていた。

初めこそエヴァンに『魔道』を教わっていたんだけれど、そんな事情があって私は先生からも『魔道』を教わる事になっていた。

「……十歳やそこらの子供が二人で魔物討伐なんて非常識にも程がありますからね」

そりゃそうだ、と過去の自分の行いながら、先生の言葉に私は苦笑いしつつ同意する。

そして程なく、キィン、と金切音のような甲高い音がどこからともなく聞こえ始めた。

心なしか、私達の足下に広がる陣が薄く明滅を始めたようにも思えた。

「……まぁ、今のお二人でしたら、何一つとして心配はありませんのでこうして送り出せるんですがね」

好奇心旺盛は悪い事ではありませんが、当時はもっと、節度を守って行動して貰いたいものでした。

などと愚痴染みた言葉が付け加えられ、何も言い返せない私とエヴァンは二人して黙り込んだ。

やがて、何を思ってか。

エヴァンは私に開いた右の手を差し伸べてきた。

「手とか繋いでないと、偶に離れ離れで転移する事になる可能性もあるらしいからさ」

だから、この手を握れと言ってくる。

「へえ、そうなんだ」

そして私は差し伸べられた手を握り返した。

何故か先生が微笑ましそうな表情で私達を見ていたのが気になったけれど、その思考は更に増大する金切音によって掻き消される。

「あ、先生!!」

「……？」

でも直前に、ふと、言い忘れていた事を思い出した私は慌てて声を上げた。

「テレポート《これ》!!　帰ってきた時に、昔みたいに教えて貰えませんか!!」

エヴァンからも多くの『魔道』を教わっていたけれど、数で言えばやっぱり先生から教えて貰った『魔道』の方が多かった。

特に、エヴァンは感覚で教えてくれる為、ちょっと分かり辛いんだけど、先生の教え方はとんでもなく分かりやすくて。

「ええ。構いませんよ」

「やたっ」

「……これ、相当難しいぞ。おれは三日で諦めたしな」

「エヴァン様はやる気がなさ過ぎです」

先生から呆れられながらも、お前、本気か？　みたいな視線をエヴァンから向けられる。

折角、使い手がこんなすぐ側にいるんだから、何事も習得してしまえばいいのに。

と、私は思うけれど、エヴァンは違うらしい。

そうこう話している間に、陣からはポツポツと蛍のような光が生まれ始めていた。

恐らく、きっとそれがテレポートの発動兆候。

「続きはまた、今度三人で話しましょうか」

先生のその言葉を最後に話が切り上げられる。

そして、

「――――いってらっしゃい」

その言葉を最後に、私の視界に映る景色は一変した。

ぐわん、と視界と足をつける地面が揺らいだ。

そんな奇妙な感覚に見舞われる。

そして不安定になる平衡感覚。

けれども、エヴァンの手を握っていたお陰で倒れてしまう、とまではいかなかった。

「————ご無沙汰しております。殿下」

不意に私の鼓膜を揺らす声音。

背後から聞こえてきたそれは、あまり感情の起伏の感じられない淡白なものであった。

しかし、それは決して不機嫌であるから。

といった理由によるものではないのだろう。

「久しぶりだな、ネーペンス」

返事をするエヴァンの声が、微かに楽しそうに弾んでいた事から私はそう判断をする。

加えて、彼がネーペンスと呼んだ事で先程の声の主がネーペンス・ミラルダ侯爵なのだと私は理解をした。

ただ同時、ネーペンスさんが貴族である事実のせいか。少しだけ身構え、私の身体が心なし硬直してしまっていた。

「レヴィのやつに、誰か人を寄越してくれと頼んではいましたが、まさか本当に殿下がお越しになられるとは」

レヴィ・シグレア公爵。

先生曰く、今回の魔物の討伐の話は彼を介して私達に届けられたものらしく、ネーペンスさんの言葉を聞きながら、そりゃそうだよねって同意をしつつ私は振り向いた。

まず初めに映ったのは、夜を思わせる黒曜石のような色をした髪と瞳だった。

顔のつくりは精悍で、オールバックに整えられた髪のせいで武人。

という印象が強く、愛想とは無縁のつんと澄ました表情が余計に私の中のその感情を増幅させる。

私が振り向いたからか。

一瞬だけ目があったような気がしたけれど、それも刹那。気付いた時には既に、彼の視線はエヴァンへと向き直っていた。

「偶々、手が空いてたな。話は……もう伝わってるみたいだな」

ネーペンスさんが手にする手紙のようなものを確認した後、エヴァンは杞憂だったかと言わんばかりに安堵の表情を浮かべていた。

〝第九位階光魔道《テレポート》〟は人だけでなく物も自由に送る事が出来る『魔道』。

故に恐らく、その手紙で事の詳細は既に知らされていたのだろう。

「ええ。それについてはノーヴァスから既に。ですが——」

そして、ネーペンスさんの視線がエヴァンから外れ、向かった先は——私であった。

「本当に、そこの彼女も同行させるおつもりですか」

きっと、先生からの手紙を読んだのであれば私がどうしてここに居るのかについても知っているのだろう。

その上での、確認。

多分、ネーペンスさんは私の同行はあまり良くは考えてないんだろうなって思った。

でも、貴族であればそれが普通の感性。

だから、面倒事を起こさないようにと、私は特別どうこう言うつもりはなかった……のに。

「ああ。ヒイナはおれの臣下だからな。何より、こいつは『天才』だ。有能な人材を腐らせてると愚鈍に見えるだろうが？」

おれは、愚鈍じゃないんだ。

って、さも当然のようにどこか嬉しそうに言葉を紡ぐエヴァンのせいで、黙ってやり過ごそう。

なんて考えていた私の予定が早速ぶち壊されていた。

「……成る程」

ほら、エヴァンのせいでネーペンスさんが複雑そうな表情浮かべてるじゃん。

そんな余計な言葉をあえて付け加えなくても良かったのに。

目で頑張って訴え掛けるけど、肝心のエヴァンはどこ吹く風と破顔するだけ。

「話は分かりました。殿下がそう仰るのでしたら私からは特に何か咎めるつもりはございません。ただ、大変恐縮ではありますが、討伐及び、魔物発生の原因を探るにあたって一つだけ条件が」

「条件？」

「ええ。今回に限り、私も同行させて頂きます」

そう言われるとは露程も思っていなかったのか。ネーペンスさんのその言葉に、エヴァンは首を傾げて疑問符を浮かべていた。

「……ネーペンスが、か？」

「はい。真偽の程は定かでないとはいえ、今回の一件は二人だけでは心許なく」

ですから、ご容赦下さいと締めくくられる。

「……ネーペンスは、二人だけじゃ危険だって言いたいのか」

つい先程、先生から心配はない。

と言われた矢先でのこの発言。

だからか、少しだけ思うところはあったけれど、ネーペンスさんはとてもじゃないけど冗談を言ってるような様子ではなかった。

きっと、エヴァンが問い返したのもそれが理由。

「部下からの報告故、真偽の程はまだ確かめておりませんが、曰く――――亜竜を見たと」

「亜竜、ですか」

下手に口を開かないでおこうって思っていたのに、ネーペンスさんのその発言に、私は反射的に反応してしまっていた。

亜竜。

といえば、魔物の中でも最上位に君臨する存在。

翼をはためかせ、空を自由に飛び回る彼らの全長は、人間の数倍を優に超えている。

そして、その巨体から放たれる息吹《ブレス》の威力は推して知るべし。

種類によって異なりはするものの、竜の討伐には腕利きの魔道師が少なくとも三十人は必要、などと言われている。

ネーペンスさんが同行する、と口にするのも竜が絡んでいるのであれば無理もなかった。

「竜のせいなのか。それは定かでありませんが、最近は悪天候が続いており、生憎の空模様です」

そう言われて、部屋にあった窓に視線を向けてみると、外は暗澹と蠢く雲によって光は遮られ、その上、吹雪《ふぶ》いていた。

「数日程度で収まる気配はありませんし、この状態で向かうともなれば、二人では心許ないでしょう」

正論だった。

「確かに、この悪天候の中で竜を相手取るともなると不安は拭えないよな」

この吹雪を引き起こしてるとすれば、竜の中でも下位の存在とは考え難い。

普通に考えれば、ネーペンスさんを入れてもまだ、心許なくもあった。

しかし。

「だけど、それはおれ一人だけであった場合の話だ。たとえ竜が出てこようと、微塵も不安なんてないな」

エヴァンはそう抜け抜けと言い放つ。

虚勢でも、取り繕いでもなく、本当に本心からそう言ってるのだと不思議と分かった。

「が、流石にネーペンスの立場上、おれとヒイナの二人で向かわせるわけにもいかないか」

苦笑いを浮かべながら、エヴァンは言う。

これはミラルダ侯爵領の問題である上、エヴァンは王子という立場。

流石に、ネーペンスさんの立場でエヴァンと私二人で討伐に向かわせるという事を幾ら大丈夫と言われたとしても、認めるわけにはいかないのだろう。

それを悟り、口を開いたエヴァンの言葉に「恐縮です」と言葉が返ってきていた。

「それで、準備は？」

「既に」

「なら、今から向かっちまうか。この天候だ。先延ばしにすればするだけ、領民が困るだろ？」

ネーペンスさんが向かう事は彼の中では揺るぎない決定事項だったのか。

向かう準備は既に出来ているらしい。

「……お心遣い、感謝致します」

「それで、その竜が居そうな場所の目星はついてるのか」

「確定、とまではいきませんが、大凡の見当であれば」

「ん。なら、向かう前にその情報の共有だけ行っておくか。その方が色々と都合が良い。ほら、ヒイナもちゃんと聞いておけよ」

「うん。分かってる」

ネーペンスさんとエヴァンの二人の間で会話が交わされ、次々と話が進んでゆく。

ネーペンスさんのポケットから取り出される折り畳んだ地図らしきもの。

エヴァンと一緒になってそれに注意を向け、続けられるであろう言葉を待つ。

「恐らく、居るとすれば……ここか、ここ」

やがて広げられる地図のある部分を指差し、説明をしてくれる。

そこは比較的高台に分類される場所。

「もしくは——ここ、でしょうか」

そして、最後に指差された場所は先の二つとは全く異なる谷底であった。

「特に、谷底《ここ》は〝メヘナ〟の数が多く、現状、立ち入り禁止の触れを出している状態となります」

「〝メヘナ〟、ですか」

聞きなれない言葉に、私は眉を顰める。

「ミラルダ侯爵領特有……というより、寒冷の地域特有の二足歩行の魔物だな」

ロストア王国でも、ミラルダ侯爵領にしか出現しない魔物。

それ故に、ついこないだまでリグルッド王国にいた私が知らないのも無理はないとエヴァンが教えてくれる。

「ただ、寒冷に適応した魔物だからこそ、こういった天候の中で戦うともなると、かなり厄介な相手になるよな」

勢いが衰える様子はなく、未だ窓越しには吹雪く景色が広がっており、大地には雪が積もっていた。この様子だと、足も取られるだろう。

「……ええ。その力量は、この悪天候の中であれば一体につき騎士三、四人掛りになるでしょうね。ですから、谷底《ここ》は後回しに出来ればなと。吹雪の中で大量の〝メヘナ〟を相手取るのは賢い選択肢とは言い難い」

「だから、それを生み出してる原因から先に叩くと。で、出来る限りリスクの少ない選択肢から虱《しらみ》潰しに探す、か。……ま、確かにそれが最善だな」

〝メヘナ〟が厄介であるのは吹雪という相手が優位に働く状況下であるから、という部分が大きい。ならば、先にその状況を生み出している元凶を叩けば良い。その考え方は、理に適っていた。

故に私も頷いておく。

不幸中の幸いというべきか。

ネーペンスさんが先程指差した場所は、三箇所とも比較的似たり寄ったりの場所に位置している。

恐らく、これであれば十日もあれば三箇所すべて回れるか。

そんな想像を私が働かせる最中、

「そこで、なのですが……殿下」

「ん？」

「そこの彼女は、ノーヴァスと何か関わりでもある人物だったのでしょうか」

唐突に、私と先生の関係についてエヴァンが問い掛けられていた。

「ああ、あるぞ。期間はうんと短かったが、ヒイナは妹弟子みたいなもんだ」

弟子扱いを受けた事は一度も無かったけれど、エヴァンと一緒になって先生、先生と慕っていたので、その言葉は強ち間違《あなが》いでもなかった。

しかし、それが何だというのか。

「ただ、ヒイナが先生から直接教えを受けたのは二ヶ月程度の話だがな」

弟子のような存在ではあるけれど、殆ど教えを受けていないぞとエヴァンが言う。

「だから、先生みたいに〝第九位階光魔道《テレポート》〟なんかを、何でもかんでも使えるわけじゃあないぞ。まあ、ヒイナなら時間さえあれば使えるようになるだろうが」

毎度の如くエヴァンの中での私の評価があまりに高過ぎるのはどうしてなのだろうか。

その高評価ぶりに、ネーペンスさんもどこか訝しんでおり、向けられる視線からは堪らず目を逸らしたくなる。

でも、ネーペンスさんのその気持ちは分からなくもなかった。

なにせ、ぽっと出の魔道師である私に、王子であるエヴァンがこれ程の評価を寄せている。幾ら昔に接点があったとはいえ、それはたった三ヶ月程度の話。

当時の事を知っている先生は兎も角、他の人からすればその反応が当然とも言えた。

だから、目を逸らしはするものの、向けられる感情に対して不快感を抱く事はなかった。

「そう、ですか」

まさにエヴァンが口にしていた通りの事を尋ねようとしていたのか、そんな返事が紡がれる。

ただ、アテにしてはいなかったのだろう。

言葉にされたネーペンスさんの声音には、落胆めいた感情は全くと言って良いほど含まれてはいなかった。

「でしたら、まずはここに向かいましょうか」

地図の上に置かれた人差し指は、谷底に最も近い高台の場所を指していた。

「ここであれば、恐らく他の二箇所も見渡せる、か。まあ、悪くないな」

「はい。そしてこの場所は、比較的〝メヘナ〟の数も少ない。何より」

そう言って、ネーペンスさんの視線が私に向いた。

「貴女は私の。私は貴女の実力というものを知らない。足手纏いになるようであれば、早々にその判断を下したいのです」

本人を前にして、刺々しい言葉が投げ掛けられる。取り繕う、という事はどうもしてくれないらしい。

でも、ネーペンスさんのその言葉は想定の範囲内であったのか。エヴァンは何事も無かったかのように笑っていた。

「なあ、ネーペンス。一応言っておくが、ヒイナはあの先生が認めた奴だぞ。あの先生が、おれ以外で初めて『天才』と呼んだ奴だ。お前が自分の目で見聞きした事しか信用しない性格であるのは知ってるが……その心配は無用だと思うぞ」

「それでも、です」

「石頭め」

でも、心配は一切していないのか。

不安と言った色は表情のどこにも存在していない。

……だから、何で私の『魔道』に対する信用がそんなに高いんだよ。

〝第六位階水魔道《メイルストローム》〟に限り、力量の差はあまり無かったけれど、それは私がその『魔道』をずっと練習していたからだ。

きっとあの時、エヴァンに他の『魔道』を使われていたら引き分けじゃなくて私の負け。

という事実になっていたと思う。

あくまで、私がエヴァンと殆ど対等であったのは幼少の頃の話なのだから。

などと、思考を巡らせる折、

「あの、殿下。一つ、良いでしょうか」

「ん？」

「……先程からお伺いしたかったのですが、お二人は手を握らなければならない制約でもお持ちなのでしょうか。いえ、私は別に構わないのですが」

「…………」

そう指摘をされ、ずっとエヴァンと手を握りっぱなしであった事実を認識する。

テレポートの為に握っていただけの筈なのに、子供じゃあるまいしいつまで握ってるんだ私達は。

そんな感想を抱きつつ、慌てて私は手を離す。

「手を握ってたのは、ヒイナがテレポートは初めてみたいだったから、それで、だな」

「成る程、そういう事でしたか」

少しだけ何故かエヴァンが名残惜しそうに私を見詰めてきていた気がしたけど、多分気のせいだ。

そう、私は自分自身に言い聞かせておく事にした。

第四章　メヘナの脅威

「にしても、どうしてこうなるまで放置してたんだよ」

　ネーペンスさんとの会話が終わったあの後、すぐに外へ向かった私達であったけれど、積もりに積もった雪に足を取られていたせいで、ゆっくり進む事を強いられていた。

　ざく、ざくと音を立てながらも、隣を歩くネーペンスさんにエヴァンがふと、話し掛ける。

　竜に限らず、魔物と呼ばれる生物は瘴気によって生まれてくる。

　それ故、竜ほどの上位の魔物ともなれば、生まれる予兆のようなものはあったのではないのかと問い掛けていた。

「……放置していたわけではありません。今回の場合は、本来あるべき予兆といったものが一切なかったのです。ですから恐らく、この吹雪を巻き起こしている元凶がミラルダ侯爵領で生まれた可能性は極めて低いでしょう」

　だから、事前に対処する事が出来なかったとネーペンスさんが言う。

「……つまり、竜は瘴気から生まれたのではなく、他からやって来た……？」

竜とは翼を持ち、空をも飛べる魔物。

その機動力は魔物の中でも随一で、彼らであれば移動してくる、なんて事は朝飯前だろう。

であれば、瘴気から生まれたのではなく、どこからか飛んできてミラルダ侯爵領にすみついた。

そうも考えられてしまう。

「……恐らくは」

「成る程。道理でネーペンスが手こずっているわけだ」

瘴気が発生する条件は未だ解明されていないが、ただ、瘴気が多く発生する条件は既に判然としていた。

――――魔物が存在している場所には、多くの瘴気が発生しやすい。特に、上位の魔物の周辺であればあるほど、それは増大する。

だからこそ、魔物が発生した場合は直ちに討伐に移らなければならなかった。

でなければ、魔物の数は際限なく増え続けてしまうから。

「それに、だったら尚更、竜の可能性が高くなったな」

該当する魔物は空を飛べる上、吹雪といった天候を操れる。そんな事が出来る魔物は、私も竜くらいしか思いつかない。

さて、どう倒したものか。

と、考えを巡らせる最中。

吹雪く風の音や足音とは別種の異なる音が微かに私の鼓膜を揺らす。

その違和感を前に、つい私の足が止まった。

「ヒイナ？」

エヴァンが不思議そうに私の名を呼ぶ。

でも、それに対する返事を後回しにして私は耳を澄ませた。

「――――」

ひっきりなしに耳朶《じだ》を掠める風の音に紛れて聞こえてくる音は、呻き声に似たものであった。

いびきとか、腹の底から出す声に限りなく近いもの。

視界不良の為、満足に辺りを見渡す事も出来ない。だからこそ、聞こえたその音が勘違いとは思えなくて。

歩き始めてから既に一時間以上も経っている事もあり、いつ魔物に遭遇してもおかしくない。

その認識があったから、

「……多分、〝何か〟います」

脳裏を過る「聞き間違い」かもしれない可能性を捨て、私は二人にそう告げた。

そして即座に『魔道』を展開。

言葉にする事もなく、心の中でそれを唱える。

――〝第四位階系統外魔道《シアナス》〟――

別名、五感強化。

先生から一番初めに教えて貰った『魔道』であり、初めて上手いと褒められた『魔道』。

それ故に、困った時は殆ど反射的に私はソレを使う習慣が付いていた。

「魔物らしき影が五、六……いえ、十は最低」

「……この吹雪の中で、分かるんですか」

流石に目で見て確認は難しいけど、聴覚を使って確認、くらいなら多少、強い風に邪魔されようと出来なくもない。

何故か驚くネーペンスさんに向かって、そう言葉を続けようとして、

「こいつは昔からこれなんだ。比較対象がおれや先生だから、色々とおかしくてな」

――――それもあっておれを特別扱いしなかったんだろうが、他のやつから見ればその異常性は一目瞭然だよな。

などと何故か、エヴァンが声を弾ませながら平然と私を異常扱いしていた。

……いや、このくらい全然異常でも何でもないでしょ。

って言い返してやりたかったけど、感知出来ていた魔物らしき存在が左右から更に近付いてきていた為、喉元まで出かかった言葉をのみ込む。

「良かったな、ネーペンス。実力を判断する機会が早くも回ってきたぞ」

魔物がいるかもしれない。

そう言ってるのに、緊張感もクソもなく、余裕そうな態度を全く崩そうとしないのは相変わらずで。

ほんっとうに、昔から何も変わってない。

「実力を判断とか、どうでもいいからエヴァンも手伝って」

この吹雪の中だ。

舐めて掛かると、十二分に、取り返しの付かない事になり得る可能性があった。

だから、今はそんな事を言っている場合じゃないと口にする。

すると、へいへいと不承不承感があったものの、私の言葉に頷き、エヴァンは腕をまくった。

「でも、ヒイナなら一人で倒せるだろ」

「さあ？　だけど、あえてリスクを冒す理由なんてどこにもないでしょ」

至極真っ当な事を言っただけなのに、何故かエヴァンからは苦笑いを向けられた。

「ネーペンスからの信頼を勝ち取る為、とか」

そして続けられる言葉。

……嗚呼、そういう事かって一瞬だけ納得しかけるも、

「……懸念材料が多すぎるよ。それに、今の私はエヴァンの臣下なんでしょ。私が一人で勝手に対処しようとして、『もしも』の事があっちゃいけないじゃん」

上手いこと信頼を勝ち取れるチャンスだろうに。勿体無い。と、訴え掛けてくるエヴァンの視線

を黙殺する。

寒冷地域特有の魔物――〝メヘナ〟がどれ程強いのかも分かっていない現状。

大した根拠もなく、出来ると言い張れる程、私は自信家でもなかった。

「……ま、そういう考え方もあるか」

エヴァンはネーペンスさんを一瞥した後、彼を気にするように言葉を紡ぐ。

「魔物がいる方向は」

「左右から」

「んじゃ、分担してやるか」

言葉もなく、お互いの後ろを守るように私達は背中を合わせる。

「取り敢えず、三人で共闘するからには一度、お互いの能力を把握する事が先決だよな。というわけでだ、ネーペンス。ここはおれ達に任せてくれよ」

竜という大物を相手にするのであれば、確かにそれは必須事項である。

お互いの能力もロクに把握せずに倒せる程、竜という存在は軽くはない。

「まあ、ここで駄目って言われようとおれはやるんだがな」

じゃあなんで聞いたんだよ。

思わずそんなツッコミを入れたくなる発言が聞こえてきた。

でも、それに構う暇を与えんと言わんばかりに微かに聞こえていただけの唸り声が大きくなる。

ネーペンスさんもそれに気付いてか。

呆れの言葉を投げ掛ける事なく、口を引き結ぶだけにとどめていた。

やがて、重量感の感じられる足音すらも明確に響き始め、そして、

「そぉら、早速〝メヘナ〟のお出ましだ!!　やるぞ、ヒイナ！！！」

霧のように白く霞んだ視界から躍り出る二足歩行の獣の魔物。

全長3メートルはあろうか、灰色の毛に覆われた〝メヘナ〟は一斉に此方との距離を詰めてゆく。

でも、これだけまだ距離があるならば、対処は十分可能な範疇。

故に私は〝メヘナ〟が数瞬先にいるであろう場所を予測し、そこ目掛けて、

「――〝第五位階火魔道《アブレーション》〟――!!」

叫ぶ。

言葉と共に広がるは、特大の紅蓮の魔法陣。

次いで、浮かび上がった魔法陣上には周囲に存在する雪を一瞬で溶かし尽くす程の熱を持った炎の渦が展開され、燃え盛る。

踏めばひとたまりもない事だろう。

でも、私の『魔道』はそれだけで終わらない。

「――なあ、ネーペンス。おれと先生がなんでヒイナの事を『天才』と呼んでるか、教えてやろうか」

『魔道』に集中している弊害か。

　エヴァンが何かを喋っている事はわかるけど、肝心のその内容は聞き取れなかった。

　私が『魔道』を行使する際、他の注意力が散漫になる事はエヴァンも知るところだろうし、きっとそこまで重要な話じゃないんだろうって私は勝手に判断を下した。

「『魔道』の習得が早いから？　魔力の保有量？　ああ、そうだな。確かにヒイナのそれは人並み外れてる。でも、そこじゃないんだ。その程度で終わるんなら、おれは兎も角、先生までもヒイナを『天才』呼ばわりする事はなかった」

　エヴァンの言葉を聞き流しながら、私は展開した魔法陣に向かって、更に一言告げるべく、冷え切った空気をすぅ、と肺に取り込む。

「あいつは、『魔道』を自分なりに〝改良〟するんだよ。本来の効果とは別に、自分でアレンジするんだ。だから、――――『天才』なんだよ、ヒイナはさ」

　そして、私は言い放った。

「貫き穿《うが》て、〝第五位階火魔道《アブレーション》〟――――!!」

　燃え上がった炎が、まるで意思を持った触手のようにうねり、程なく獲物目掛けて、

「――――ガッ……!?」

　――――貫き、そして穿つ。

　転瞬、貫いた側からまるで助燃剤を得たとばかりに、ゴゥ、と音を立てて燃え盛り、苦悶の声が

紅蓮に染まりつつある視線の先から上がった。

「いつ見てもすげぇなそれ。おれはぜってぇ真似出来ないわ」

「エヴァンは真似する必要ないから良いじゃん!!」

お世辞じゃなく、本心から羨んでいるであろうエヴァンに向かって私は乱暴に叫び散らす。

〝第五位階火魔道《アブレーション》〟。

それは本来、炎の渦を展開して相手を巻き込む事でダメージを与える『魔道』の一つ。

それを、エヴァンほど膨大な魔力を保持していなかったからこそ、私なりにその差を埋めようと試みた結果がコレ。

――――足りない部分は技術で補う。故のアレンジ。故の、若干の怒りの感情を込めた叫びだった。

「たとえ真似をする必要がないにせよ、〝出来ない〟と〝やらない〟とじゃあ色々異なってくるだろ。少なくとも、そんな真似が出来る人間をおれはヒイナしか知らない」

そして続け様に一言。

「〝第五位階火魔道《アブレーション》〟」

私を真似るように、同じ『魔道』をエヴァンが行使する。直後、私よりも数段大きな魔法陣が左側に展開され、躍り出ていた〝メヘナ〟らしき魔物を悉く巻き込み、のみ込んでゆく。

聞こえる断末魔。

しかし、収まる事を知らない吹雪のせいでその声もすぐに掻き消されてしまう。

相変わらずの大火力。

私のように技術に頼るまでもなく、易々と倒してしまうのだから、もはや反則としか言いようがなかった。

「なあ、ヒイナ」

「……？」

不意に、エヴァンから声を掛けられる。

背中を合わせた状態のままなので表情は読めないけれど、何となく、呆れてるような。

そんな感じの声音だった。

「今、おれの事をズルいとか思っただろ」

事実、ズルいじゃん。

十年以上も昔に、先生だってエヴァンの事は『天才《反則》』だって言っていた。

だから、私がその感想を抱こうとも、何一つとして間違ってないでしょ。

――なんて思ってたけれど、素直に肯定するのはなんかよく分からないけど負けた気がするので、「……さあ？」と嘯《うそぶ》いておく。

「言っとくが、おれからすればヒイナの方がよっぽどズルいからな!?　しかも、見ない間に進化してやがるし!?」

元々私の『魔道』のアレンジはエヴァンに追い付くために身に付けたものだった。

エヴァンという一人の人間を理解する場合、彼に近づく必要があったから。

でも、天性の才能。

加えて、これまでの経験という壁が私の前に立ちはだかっていた。だから、それを無理矢理に壊せる手段を模索した果てで見つけた答えこそがこの〝アレンジ〟。

「ふふん。努力の賜物かな」

得意げに鼻を鳴らして答えてやると、努力してどうこうなるもんじゃないんだよ、普通。

なんて言葉が返ってきた。

でも、決してそんな事は無いはずだ。

だって、先生も昔はちょっぴり『魔道』をアレンジしていたし。

「……まぁ、いいか。とはいえ、やっぱり悪くないな」

「悪くないなって何が？」

何を言っても無駄。

とでも思ったのか。

呆れ混じりのその返答に若干の引っ掛かりを覚えながらも聞き返す。

「お前といると、なんか、こう、やっぱり全然一人って感じがしないんだよな」

「でたよ、さびしんぼ」

「……うるっせー」

昔っからこれだ。

一人になりたいと言う癖に、その実、ひとりぼっちを嫌うさびしんぼ。

『――おれはただ、みんなと同じが良かったんだ。天才だなんて、特別扱いはして欲しくなかった。一人だけ仲間外れは、うんざりなんだよ』

随分と昔に、一度だけ漏らしてくれたエヴァンの弱音。

ただ、当時の私も年相応であったからか。

その弱音を前に、「だったら手でも繋いであげよっか」とか、色々揶揄ってしまった記憶が未だ頭の中にこびりついている。

でも、言葉で「うるっせー」とか何とか否定する癖に、どことなく嬉しそうにするから、私も最後の最後まで揶揄い続けたんだっけ。

なんて思い返しながら、はあ、と白い息を吐き出して一息つく。

「……殿下が絶賛する気持ちも分からなくもないですね」

すると何故か、事の趨勢《すうせい》を見詰めていた筈のネーペンスさんの口から、そんな言葉が聞こえてきた。

「だろう？」

「……ええ。まぁ、暫定ではありますがね」

「素直じゃないのな」

けらけらと楽しそうにエヴァンは笑っていた。

「……しかし、やはり遭遇してしまいますか」

次いで、飛んでくるネーペンスさんの言葉。

悩ましげな声で紡がれるそれは、まるで会いたくなかったかのように聞こえてしまって。

吹雪の元凶を突き止めにきた目的があるとはいえ、元々魔物の討伐が目的でもあったのだから、これは都合が良いのでは。

と思っていた私からすると、その発言は理解しかねるものであった。

「……何かまずいんですか？」

「出くわす事自体には問題はありません。ただ、ここという場所に問題が」

「……場所、ですか」

雪に足を取られながら、とはいえ、既に少なくとも一時間は歩き続けている。

目指す先が高台に位置していることもあり、心なしか斜度がついてきたような、そんな気もしていたけれど、それが何か問題なのだろうか。

「……杞憂であれば、それに越した事はないのですが、言ってしまえばここは〝メヘナ《あいつら》〟の庭です。

そしてあいつらは、頭が回る」

仲間が倒されたと知れば、まず間違いなく別の方法でもって此方を排除にかかるでしょう、とネーペンスさんは言う。

次いで、

「――――……走りますよ」

当初、必要以上に体力を奪われる事になるからと走る選択肢を捨てていた筈のネーペンスさんが何を思ってか。

焦燥感を感じさせる物言いにて、そんな事を口走った。

「……そう、か。この場所だと、あれをモロにくらう可能性があるのか……！」

「え？　え……？」

エヴァンも何かを悟ったのか。

自分に続いてくれと言わんばかりに走り出したネーペンスさんに続くように私の手を取って走り出す。

私だけが理解が及ばず蚊帳《かや》の外であった。

「えっ、と、倒しちゃまずかった……？」

「まずくはない。まずくはないんだが、ここはかなり場所が悪い」

目的地である高台は吹雪によってその姿は霞んでいるものの、このまま行けば一時間程度あれば着いた事だろう。

「ネーペンスがどうして他の人間を連れて来なかったのか、分かるか」

「え、分かんないけど」

「見つかりたくなかったからだ！　〝メヘナ〟に見つかると面倒臭い事になるから、今回は少人数なんだ！　じゃないと目的地にいつまで経っても辿り着けないから」

討伐はしたい。

けれど、見つかりたくはない。

一見、それらの言葉は矛盾しているようにも思える。けれど今、考える時間はなかった。

「他の〝メヘナ〟に悟られる前に突っ切るぞ」

これ以上事細かに話す余裕はないのだろう。

それだけ告げてくれたエヴァンに手を引かれながら、私も慌てて走り出す。

程なく、ゴゴゴ、と今度は唸り声ではなく、地鳴りのような音がやって来る。

その正体こそが、ネーペンスさん達が焦る理由なのだと否応なしに理解させられた。

「あと、手だけは離すなよ」

心なし、足下が揺れる。

手を離すなって、それって一体どういう事――

「……って、雪崩《なだれ》!?」

差し迫るように刻々と大きくなる音の正体が判明し、私は反射的に声を上げる。

気付けば先ほどまで見ていた筈の景色とは異なっており、積雪の高さが明らかに高くなっていた。

そして音を立てて現在進行形で此方に雪崩れ込もうとしている。

だけど、雪であれば『魔道』で何とか出来ないものか。

そう考える私の内心を悟ってか。

「やめとけ！　流石に物量が違いすぎる！　対処するとなると、ヒイナの魔力が先に尽きちまう！」

どこもかしこも雪がいっぱい積もっている現状。そして絶えず降り注ぐ吹雪。

今回ばかりは『魔道』でどうにか出来る範囲を超えていると脇目もふらずにエヴァンが叫び散らし、

「気を取られるな！　正面からも雪崩を起こされる前に、急ぐぞ!!」

斜面になりつつある正面からも雪崩を起こされるともうお手上げだから、まだ左右からだけの今のうちに急げと口にするエヴァンの言葉に胸中で頷き、『魔道』でどうにかしようとしていた考えを彼方へと追いやった。

――――走る。走る。駆け走る。

身体強化系の『魔道』を自身に掛けながらも、私達は無我夢中で迫り来る雪崩と、刻々と濃くなる〝メヘナ〟の気配から逃げ回っていた。

「────流石にこれは数が多過ぎないかなあっ!?」

雪崩を起こす元凶は〝メヘナ〟である。

だから、逃げ回りながら時折〝メヘナ〟を三人で倒しつつ進んでいるものの、その数が減る気配は皆無。寧ろ、錯覚だけど増えている気しかしなくて、事前にもっと数を減らしておいてよ。

という嘆きを込めて私は思い切り叫んでいた。

「気持ちは分かる、がっ、〝メヘナ《あいつら》〟は基本、集団行動なんだよ」

息を切らしながら、ネーペンスさんではなく、エヴァンが答えてくれる。

「それに、〝メヘナ《あいつら》〟、基本奥で籠ってるだけだから、討伐するにはこうして踏み込むしか手段が、なくてな」

だから安易に討伐が出来ない上、それ故にネーペンスが諦めてレヴィ・シグレアに助けを求めたんだろ。と、口にした。

「で、踏み込んだら踏み込んだでこうなる!!」

〝メヘナ〟に襲われた挙句、雪崩にも巻き込まれる羽目になる。

とてもじゃないが、簡単に討伐出来る相手ではないとエヴァンが教えてくれた。

「……私だって出来る事なら、あんな適当男の手は借りたくありませんでしたよ」

「だよな。ネーペンスはレヴィと仲良くなかったもんな」

殊更に嫌そうに答えてくれるネーペンスさんの反応を前に、エヴァンが笑う。

どうも、ネーペンスさんとレヴィさんは仲が良くないらしい。

「……でも、どうするんですかこれ。逃げるにせよ、ジリ貧ですよ」

これだけの騒ぎを起こしているのだ。

まず間違いなく此方の存在は多くの〝メヘナ〟にバレている。

その為、ネーペンスさんが高台から雪崩だけは起こさせないよう、目的地を悟られまいと時折遠回りをしたりと試みてくれているが、どう考えてもこれはジリ貧であった。

〝メヘナ〟を始末しながら状態がマシになるのを待つ。という選択肢を掴み取ろうにも、恐らくこの調子だとそんな事をしていては体力が底を突くのが先だ。

そんな折、

「――――選択肢は二つあります」

ネーペンスさんが苦々しそうに口にする。

「このまま鬼ごっこを続けるか。はたまた、目的地を変えるか」

「目的地？」

「ええ。この吹雪を引き起こしている元凶を探す……という目的をひとまず後回しにし、〝メヘナ〟の討伐に切り替えるか」

そしてネーペンスさんの顔が若干、左に向く。

ちょうどその視線の先は――――途切れていた。

「……もしかしなくても、あの崖に突っ込むんですか……？」

その先は谷底であり、崖。

逃げ回るうちに高台ではなく、地図を見せて貰った際に指差されていたもう一つの場所。

谷底近くにまで私達はやって来ていたらしい。

そして、私のその問いに対する返事はなく、沈黙は肯定であった。

……いやいやいや。ここ、多分かなりの高さあるよ!?

打開策ではあるけれど……あるんだけど！

「……このまま時間を浪費する事と比べれば……悪くない選択肢かもな」

流石にそれはやめておきましょうよと言外に訴える私を裏切るかのように、エヴァンは肯定的な言葉を口にしていた。

ここは断る場面でしょ、とその意を伝えるべく握る手に力を込める事で「嫌だ」と意思表示をしようと思ったけど、手がかじかんで上手く出来なかった。……ぐぬぬ。

「ただ、その場合は問題がひとつある」

「問題ですか」

「落下の衝撃は『魔道』で何とかするにせよ、雪崩《あれ》をある程度は何とかしなくちゃいけないだろ」

このままでは、崖に身を投げた直後に、雪崩をモロに食らう羽目になる。

だから、完全には無理にせよ、ある程度は何とかしなくてはならないとエヴァンは言う。

「――――衝撃についてはおれが三人分何とかする。だから、ネーペンスとヒイナで雪崩《あれ》を何とかしてくれ」

既に崖に身を投げるのは決定事項のようで、それで話は進んでいく。

最重要なのは落下時の衝撃について。

そこに一番魔力が高い人間をあてる事は必須。

そして、残りの二人で襲い来る雪崩を何とかしろと。

「展開はネーペンスが。ヒイナはそれに合わせてくれればいい」

『魔道』には威力を高める為に「合わせる」というやり方が存在する。

一方が展開した魔法陣に合わせ、重ねる方法。

利点としては『魔道』の威力が相乗される為、一点突破としての威力は格段に高くなる。

……ただ、

「……本気ですか？」

欠点としては、魔法陣に魔法陣を重ねる為、合わせる側の人間の『魔道』の難易度が段違いに高くなってしまう事。

故に、エヴァンの正気を疑うネーペンスさんのその一言は当然のように思えた。

私も、久々に顔を合わせた自分じゃなくてそういう重要な事はネーペンスさんに任せたらいいじゃんって素直に思ったし。

「そもそも、ヒイナの実力を判断しようとしてたのはネーペンスだろ」

だから良い機会じゃないかと。

そう口にするエヴァンの気持ちも分からないでもなかったけど、それにしてもタイミングが悪辣である。

もっと、失敗してても何とかなるくらいの状況の際にその言葉は持ち出して欲しかった。

「……そう、ですが」

「じゃあ決まりだ」

有無を言わせぬとはまさにこの事。

エヴァンの頑固な性格を知らないネーペンスさんではないのだろう。これ以上は何を言っても無駄と判断してか、

「……〝第五位階火魔道《アブレーション》〟でいきます」

ギリギリ聞こえる声量で口にされるその言葉。

程なく、走っていたネーペンスさんの速度が更に加速する。

そして数十秒ほど走り、崖の側にまで辿り着いた彼は私達と向き合う形になるように向きを変更。

虚空に手を翳し、今にも私達を呑み込まんと迫っていた雪崩に対して――『魔道』を展開。

キン、キン、キン、キン。

と、音を立てて出現するは炎を想起させる赤色の魔法陣。数は三つ。

その位置は雪崩を外側から覆うように下と左右に一つずつであった。

「……ご了承願います」

「……おい、ネーペンス」

あからさまに不機嫌そうにエヴァンはネーペンスさんの名を呼んだ。

その理由はきっと、ネーペンスさんが魔力を分散して一点突破でなく、三つもの魔法陣を浮かべたから。

一つの魔法陣の威力を抑える事になったとしても、一気に三つ展開した理由は考えるまでもなくて。

一つだけではリスキー。

三つも用意すれば、そのどれかには合わせられるだろうという考えが、透けて見えた。

実力もロクに知らない相手に背を任せられない。その気持ちは痛いくらい分かる。

だから責める気なんてものは毛頭ないし、それが正しい行動だって思う。

でも――――これでも一応、私だって十年近く『魔道』に触れてきた人間だ。

だから、明らかにソレと分かるそういう対応をされると、

「――――いきます」

相手の想像を上回ってやろうって、思っちゃうんだよね。

胸中でそんな呟きを漏らしながら焦点を魔法陣に当てる。

一つだけではなく、三つに。

すると何故か、エヴァンがくは、と息だけで私を見て笑っていた。

でも、今は関係ないって自分に言い聞かせて、目の前の事に集中する。

魔法陣の上に魔法陣を重ねるイメージ。

それを、一気に三つ。

その間にも崖との距離は徐々に縮まってゆき、やがて、

「舌噛むなよ！！！」

後ろを向いている私を配慮してか。

エヴァンが大声でそう叫ぶ。

そして次の瞬間、私の足が地面から離れた。

でも、エヴァンに手を引かれ、崖から身を投げ出して尚、展開された魔法陣に焦点を引き結んだまま動かさずに私は言葉を紡ぐ。


消し飛んでしまえ。


そんな感想を、抱きながら。

「〝第五位階火魔道《アブレーション》〟」

＊　　＊

「……ひ、ひどい目にあった」

積もりに積もった雪の山に埋もれていた私は、顔を出す。

そして、見上げても頂上が見えない程の断崖絶壁。先程まで自分達がいた場所を見詰めながら私は白い息を吐いた。

先の一撃――〝第五位階火魔道《アブレーション》〟の「合わせ」は完璧だった。

ただ、一つ問題があったとすれば、迫ってきていた雪崩を消し飛ばした後に第二波、第三波と怒濤の勢いで雪崩が続き、私達がそれに呑まれてしまったという点だろう。

お陰で三人とも雪崩に巻き込まれて離れ離れ。せめてもの救いは、エヴァンが掛けてくれた『魔道』のお陰で落下は勿論、雪崩に巻き込まれて尚、殆ど無傷であった事くらいか。

「取り敢えず、エヴァンとネーペンスさんと合流しなきゃ」

微かに残る温かみを手に感じつつ、離れ離れとなってしまった二人と合流すべく口を開いた直後。

「――いや、おれはいるぞ」

聴き慣れた声が私の鼓膜を揺らす。

「……エヴァン？」

どこからともなく聞こえてきたその声は、まごう事なきエヴァンのものであった。

周囲を見回すと、少し離れた場所から私と同様に積もった雪の山から顔が飛び出していた。

「直前まで手を握ってたからだろうな。おれとヒイナはそこまで離れ離れにはならなかったが
……」

左右を一度、二度とエヴァンが視線を向けて確認。やがて、いるべき筈の人間が見当たらなかった事を確認したのち、

「ネーペンスとは流石に離れ離れ、か」

まぁ、あいつが一人になったところで心配はないから良いんだが。

彼に対して不安はないのだろう。

エヴァンはそう言って言葉を締めくくる。

比較的近くにいたとはいえ、盛大に雪崩に巻き込まれたのだ。

離れないようにと手を握っていたならまだしも、そうでないなら離れ離れになっていても何ら不思議な事ではなかった。

そして私達は雪の山から脱出を試み、身体に乗った雪を手で払ってゆく。

そんな折。

偶然にもある事に気付いてしまう。

私がそれに気付けてしまった理由はきっと積もる雪が真っ白であったから。

だから、強い色は特に目につく。

エヴァンのちょうど背中にあたる部分は、どうしてか赤く滲んでいた。

そして、何かが突き刺さっていたかのような痕も見受けられた。

「エヴァン!」

慌てて私は駆け寄る。

エヴァンは何も無かったかのように普段と変わらない表情を浮かべてるけど、怪我をしてる事は明らかだったから。

「……どうしたの、それ」

「ん? あぁ、ちょっと失敗してな。まぁなに、擦り傷だ。気にするなよ」

――――失敗した。

笑いながら口にするエヴァンのその言葉が何を意味するものなのか。

私は、すぐに分かった。

エヴァンという人間は、『魔道』の天才ではあるけれど、決して器用な人間ではなかった。

ある意味で、物凄く不器用な人だった。

そして、一度自身の内に入り込んだ人間に対しては、馬鹿みたいに優しい人。

だからきっと、先の落下の際の衝撃を防ぐ『魔道』の調整を間違えてしまったんだと思った。

たとえば、私とネーペンスさんに重きを置き過ぎて、自分を守る為の防御の『魔道』が疎《おろそ》かになってしまった、とか。

そのせいで雪崩の勢いによって岩壁に打ち付けられ、怪我を負った。

たぶん、そんなところ。

「背中見せてエヴァン」

私に傷を見られたくないのか。

近づくや否や、背中を隠すように私と向き合おうとするエヴァンにそう告げる。

「……だから、気にする必要はないって」

「エヴァン」

そこで、私に譲る気がないと悟ったのだろう。

小さな溜息を吐いたのち、意地を張る事を諦めてエヴァンが私に背中を向けてくれた。

「……痛むだろうけど、触るよ」

服越しからでも分かる、見るからに痛々しい傷を前に、それだけ告げて私は背中に右手を伸ばす。

数ある『魔道』の中でも、治癒の『魔道』は傷口に手を当てなければ効果が薄れてしまう、という欠点を負った『魔道』の一つ。

故に、痛いだろうけど、傷口の上から手を当てる他なかった。

「第二位階治癒魔道《ヒール》」

転瞬、目に優しい薄緑の光が私の右手に宿り、やがてその光はエヴァンの背中を包み込んでゆく。

「……何で傷を隠そうとしたの」

「……『魔力』が回復したら、こそっと治すつもりだったんだよ。だって、ほら、恥ずかしいだろ。おれがやるって言っておきながら、自分は傷を負ってたとか」

素直にいえば、私がすぐに治すし、必要以上に痛い思いをする事もなくなるのに。

なのに何故か、エヴァンは意地を張る。

三人分の防御『魔道』を行うってかなり難易度高いし、そう思う必要なんてどこにもないのに。

私はそう考えるけど、エヴァンは違うらしい。

「私しかいないんだし、別にそんな事気にする必要ないでしょ」

別に失敗したから言いふらすとか、その事についていじるとか。そんな性格の悪い事をする気なんてこれっぽっちもないのに。

「……それは知ってる」

「じゃあなんで」

「ただちょっと、見栄を張りたかっただけだ。今度からはちゃんと言うから許してくれよ」

今後もこんな事が続き、私が気付けなくて傷が悪化。とかされたら嫌だったから問い詰めると、エヴァンも観念したのか、困った表情を浮かべて二、三、ぽりぽりと頭をかく。

「ところで、ヒイナは怪我してないか」

「お陰様で。でも、エヴァンは私の事より自分の事を心配しようね」

私に掛けられた防御『魔道』はそれはもう、頑丈に頑丈を重ねたような完璧さであった。

自分は『天才』、『天才』って私の事を呼ぶ癖に、自分が『天才』って呼ばれる事は受け付けないエヴァンの前だから言わないけど、その出来は正しく『天才』の所業だった。

「ヒイナが無事なら、おれ的には問題ないからこれで良いんだよ」

怪我を負っても、それならプラスだな。

なんて言って、エヴァンが笑う。

「……これじゃ、どっちが臣下なんだか分かんないよ」

私のその的確な指摘を前に、エヴァンは目を泳がせる。でも、浮かべる笑みを崩す事はなく、悪戯を好む少年のような態度を貫いてるから、きっとこの在り方を変える気はないんだろうなって言葉はなかったけど分かった。

エヴァンに悪影響だからって事で私、何か罪を着せられる事になるとかないよね……？

ふと、不安に駆られた私は、ここから帰ったら先生を頼ろうと誓う。

多分、私一人の力ではエヴァンはちっとも直そうとしてくれないだろうから。

そして、それから更に数分程かけてエヴァンの背中の傷が癒えたタイミングを見計らい、言葉が発せられる。

「よし。ひとまず、休める場所を探すか」

――今後の事を考えると、休めるうちに休んで体力や『魔力』を回復させた方がいい。敵はまだまだいっぱいいるんだから。

そう思ったからこそ、エヴァンのその発言に私は頷き、従う事にする。

ここには未だ〝メヘナ〟が多く存在しており、その上、竜までいる可能性が極めて高い。

先程まで行っていた逃走劇。

加えて『魔道』の使用。

いざという時に備えて、消耗した体力と『魔力』を回復させる事は最優先事項であった。

しかし。

「――――――」

見計らったかのようなタイミングで不意に響く唸り声。

肉食獣を想起させるソレが、何を意味しているのかなぞ、最早考えるまでもない。

ただ、仕方が無かったとはいえ、真正面から対峙してどんな目にあったかは先程の雪崩で嫌というほど思い知らされている。

きっと、だから。

「……逃げるぞ！」

「……逃げるよ！」

私達の声はぴったり重なり合った。

それはもう、笑えるくらいのタイミングで。

唸り声が聞こえた方角とは真逆の方向に向かって私とエヴァンはその言葉を最後に一斉に再び走り出す。

つい、ほんの少し前までずっと走りっぱなしだったのに、その繰り返しだけは何としてでも避けないと!!

「ヒイナ」

ふと、名を呼ばれる。

「あの洞窟に駆け込むぞ!!」

そして丁度、視界に映り込む洞窟のような場所。明らかに何かの巣穴って印象を抱いたけれど、身を潜められそうな場所は生憎、その場所以外は見当たらない。

「あの中ならある程度音は抑えられるし、入り口を塞いでしまえば無限に〝メヘナ〟が湧くことはない!!」

私が抱く懸念を見抜いてか。

他に声が聞こえないギリギリのラインを攻めた声量でエヴァンが言う。

厄介なのは先の雪崩という圧倒的な物量。

その一点のみ。

故に、中に何かが潜んでいようと、大した脅威にはなり得ない。寧ろ外の方がよっぽど厄介だ、と口にするエヴァンの言葉はもっともだった。

かくして私達は、全速力で洞窟の中へと向かって駆け込んで行った。

咄嗟の判断で駆け込んだ洞窟は、外観からは考えられない程、広いつくりとなっていた。

ただ、外界から遮断された空間にもかかわらず、私達の視界は明瞭。

本来、見通せぬ闇が広がっていて然るべき洞窟内には、複数の光源が存在していた。

「――……驚いた。これ、全部蒼華結晶《ルクスエニア》か」

洞窟のあちこちに見受けられる青白く輝く石のような結晶。

幻想的でありながらも、この異様な光景を作り出している原因を息を切らす事も忘れてエヴァンが口にする。

蒼華結晶《ルクスエニア》。

それは、雪国などで偶に見られる鉱石の一種。

暗闇の中でも光り輝く事から、一部の貴族などが好んでアクセサリーとして身に付けている装飾品としてよく知られるものであった。

入り口付近にはあまり存在しておらず、奥に進めば進むほど、その数は顕著なまでに増えている。

だから、外界からの光がない奥の方が明るいという奇妙な状況が出来上がっていた。

「……ただ、妙だな」

「妙って？」

「蒼華結晶《ルクスエニア》は本来、希少鉱石なんだ。こんなにも沢山存在するなんて話は聞いた事がない」

ゴツゴツとした岩で出来た壁に埋まるように、蒼華結晶《ルクスエニア》はあちこちに見受けられる。

希少なんて言葉はこの場においては不似合い極まりなかった。

でも、蒼華結晶《ルクスエニア》は雪国特有の鉱石。だから、この尋常とは程遠い状況下に陥った事で偶然にも大量発生してしまったんじゃないのか。

「だから、考えられるとすればアレが原因か」

ちょうど、エヴァンも私と同じ事を思っていたのだろう。彼の視線が先程まで私達のいた洞窟の外へと向けられる。

谷底という事もあって吹雪はそのなりを潜めていたが、積もりに積もった雪は健在。

きっと、この異常事態とも言える大量発生はそれが原因なのだと指摘をしていた。

「……にしても、なんで〝メヘナ〟は谷底にいっぱい居るんだろうね」

咄嗟の判断で逃げた私達であったけれど、あの唸り声は一体だけのものではなかった。

加えて、事前にネーペンスさんから聞いていた谷底には特に多くの〝メヘナ〟がいるという情報を思い返しながら私はそう呟いた。

「それに、魔物なのにちっとも人里まで下りて襲おうとする気配が感じられなかったし」

魔物とは本来、人に害をなす生き物である。

なのに、どうしてかここの〝メヘナ〟は潜むだけでちっとも人里に下りてこないのだとネーペンスさんも言ってた。

実際、相対したからこそ、私自身もその意味がよく分かる。

人に害をなす気がないわけじゃないんだろうけど、少なくともわざわざ人を襲いに来る様子は今のところあまり感じられなかった。

「……だから、そうする理由がある、と思うんだよね」

「理由？」

「……んー」

魔物も考える力がないわけではない。

だから、通常とは異なる行動を起こしているなら、それには間違いなく何らかの理由が付き纏っている。

彼らにとって、吹雪く現状は好状況。

なのに、活動的にならない理由。

……そもそも、この吹雪は竜の仕業であるとしても、どうしてこうまでする必要があるんだろうか。まるで、こっちに来るなと言わんばかりに。

「下りられない理由、か」

〝メヘナ〟が留まっている理由。

それさえ分かれば、色々とこれから動き易くなるんじゃないのか。

そう思ってくれたのか。

エヴァンも一緒になって考えてくれる。

「……純粋に、下りられないとかも考えられると思う」

魔物は基本的に己よりも上位の存在に付き従い、弱肉強食を地でゆく生き物である。

だからたとえば、竜から下りるなって厳命されている、なんて理由はどうだろうか。

「でも、その場合は何の為にってなるんだよね」

どうしても、そこが引っかかってしまう。

そして下りる沈黙。

黙考を約十数秒ほど経たのち、

「……守らなきゃいけないものがあるから、とかはどうだ」

ぽつりとエヴァンが呟いた。

「吹雪を起こす理由。〝メヘナ〟を集結させる理由。それは、近寄らせない為、とかだと納得出来たりしないか」

その言葉は不思議と私の頭の中にするりと入り込んできた。

「近寄らせない為……」

「ああ。そして、だとすれば、恐らく本来おれ達が向かっていた高台よりも、谷底《こっち》の方が怪しい」

――――特に蒼華結晶《ルクスエニア》が大量発生してしまっている異変。

その付近に、〝ナニカ〟がある可能性は高いかもしれない。

そう言わんばかりに、洞窟の奥へとエヴァンは視線を向けた。

「その場凌ぎにって駆け込んでみたが、意外とこの先を進む価値はあったりしてな」

――――どうするヒイナ。

何故か、決定権を私に委ねられる。

何で私!?

反射的に抱いた感情が顔に出てしまっていたのか。

「だって、こんな場所で別行動なんて出来るわけがないだろ。おれは進みたい。でも、ヒイナは進みたくない。だったら、おれもここに留まるだけなんだから」

だから、これからの行動は私の返答次第であるとエヴァンは言う。

「……それもそっか」

ネーペンスさんを待つべきだ。

素直にそう思うし、進む先に何が待ち受けているのか分からない場所に万全の状態で挑まないのはどう考えても馬鹿である。

……でも、今は解決出来るものなら、可能な限り早く解決するべき状況下でもあった。

何より、ネーペンスさんといつ合流出来るかなんて保証はどこにもありはしない。

最悪、待つだけ待って無為に時間を過ごす、という可能性も十二分にあり得た。

だったら、この時間、この瞬間を多少のリスクを負ってでも有意義に使うべき……か。

そうこう頭を悩ませる私を見かねてか、

「別に心配する事はないだろ」

背中を後押しするように、不意にそんな言葉が投げ掛けられる。

「元々、おれとヒイナの二人で向かう予定だったんだ。寧ろ、ネーペンス抜きの方がおれはやり易い」

そうだろ？

って、笑い掛けてくるエヴァンは、私とは違ってこれっぽっちも不安を抱いていないようであった。

「ヒイナだって、何かとやり辛いだろ？　ネーペンスがいるとさ」

「……そ、そうかな？」

「ネーペンスに苦手意識があるのか、貴族に苦手意識があるのか。あいつと話す時だけ妙にヒイナがたどたどしいからな」

……私が貴族の人が苦手な事、完全に見透かされていた。

「いやでも、貴族が苦手ならおれや先生も……」

エヴァンや、先生だけはどうしてか全く苦手意識が生まれないんだよね。

と、心の中で返事をしつつ、ネーペンスさんがいなくなった途端に気安くなったエヴァンの言葉を聞き流しながら、

「……まぁ、それは兎も角」

強引に話を打ち切る。

ネーペンスさんが苦手、苦手じゃないはさておき、エヴァンの臣下としてものを考えるならば、出来るだけ危険な目に遭わないようにネーペンスさんとの合流を待つべき。

けれど、ミラルダ領の事を考えると、一刻も早くこの吹雪の原因を突き止めたいし、体温がひたすら奪われ続けるこの雪山だ。

暗くなる前に、この洞窟の先が安全か、そうでないかの確認は終わらせておくべきか。

そんな事を考えつつも、どうにか己の考えをまとめる。

やがて。

「この先が気にならない、といえば嘘になっちゃうし、ネーペンスさんともすぐに合流出来そうにもないからこの先を進もっか」

「よしきた」

楽しげに笑うエヴァンは、私の目からは緊張感とは無縁の人間にしか見えなかった。

……まぁ、中に〝メヘナ〟が潜んでいたとしても、真正面からなら囲まれるより余程楽に対処出来るし別に良いんだけどさ。

「……エヴァン、楽しそうだね」

「そりゃな？」

私なんて、もう結構くたくたなのに。

「おれの我儘に最後まで付き合ってくれる奴なんて、おれの知る限りヒイナくらいしかいないしな。あと、ヒイナはおれの意図をちゃんと分かってくれる」

だから、お前と一緒にいるのはとても楽しい。

待ち望んでいたと言わんばかりにエヴァンはそう言葉を締めくくる。

それからというもの。

少しだけ体力の回復がてら休み、このまま二人で洞窟の奥へと進む事になった。

「一応、もしもの時の為に目印だけは残しておくか」

次の瞬間、足下に向けて手のひらを向け、エヴァンが『魔道』を発動させる事により、僅かに積もっていた雪は溶け消え、地面に焼け跡が刻まれる。

でも、ただの焼け跡では目印にならないからか、器用に『魔道』を使って何やら紋様のような目印をエヴァンが作り上げた。

「……何これ？」

「王家の紋だ。意外と上手いだろ？」

言われてみれば確かに、城にいた時に度々目にしていた紋様と似ている気もする。

確かに、これならばネーペンスさんに向けての一目で分かる良い目印にもなりそうだった。

「さて、と。鬼が出るか蛇《じゃ》が出るか」

随分と先にまで続く洞窟の内部。

その奥へと一歩踏み出しながら、

「出来れば竜が良いな。そんで、サクッと倒して、ネーペンスの度肝を抜いてやるんだ。そうなれば絶対、あいつ面白い顔するぞ」

けらけらとエヴァンは笑う。

――――とんでもねえ魔物をおれとヒイナの二人で倒して先生を驚かせるんだ。どうだ？　面白そうだろ！

十年以上経っても尚、成長するどころかちっとも変わらないエヴァンの姿を前に、私も笑わずにはいられなかった。

＊　　　＊

時は少しだけ、遡る。

転移陣の敷かれたロストア王国王城。

その一室にて。

「――――不思議な関係よね。貴方達三人の関係って」

覗き見をしていた一人の少女は口を開き、己の存在を主張せんと、殊更に大きく足音を立てながら部屋へと足を踏み入れた。

彼女の名を、シンシア・ヴェル・ロストア。

この国の王女にあたる人物であった。

「……ええ。そうですね」

彼女の言葉に返事をしたのはロストア王国にて、王宮魔道師長の座につく人間。

エヴァンから「先生」と呼ばれている男、ノーヴァス・メイルナードだ。

「私も、そう思いますよ」

エヴァンとヒイナの関係ではない。

エヴァンとヒイナと、ノーヴァス三者の関係。

それを変わっていると指摘するシンシアの言葉に、少しだけ苦笑いを浮かべながらも彼は躊躇《ためら》いらしい躊躇いもせず、肯定していた。

「貴方に限って〝洗脳系〟の『魔道』を掛けられてるとは誰一人として露程も思っていないけれど……たった三ヶ月程度の関係だったんでしょう？」

ヒイナさんが悪い人間でない事は知ってるけれど、それでも貴方含めて気にかけ過ぎよ。お父様だって言葉にこそしてないけど、不安がってる。

と、シンシアは口にした。

「逆ですよ。逆」

「……逆？」

「あの頃のエヴァン様の閉ざした心を、ヒイナさんはたった三ヶ月でいとも容易く開いてみせた。幼少の頃から護衛役を担ってる私ですら、踏み込めなかった場所に、彼女は三ヶ月で踏み込んでみせた」

少なくとも、ノーヴァスからしてみれば、その少ない三ヶ月であったが故により一層濃く、記憶の中にヒイナという少女の存在が焼き付けられる事となった。

「まだシンシア様は幼かったとはいえ、あの頃のエヴァン様の荒み具合と言ったら……ご存じでしょう？」

「……それ、は」

荒み具合。

と、ノーヴァスは言っているが、別に手が付けられない程、当時のエヴァンが荒んでいたわけではない。寧ろ、これ以上なく完璧で、大人が子供に望む理想を体現したかのような少年だった。

端正で礼儀正しい、大人しい少年だった。

愛想とは無縁であったが、それでも、どこまでも真面目で、完璧で、完成されていた。

……あくまで、外側だけは。

「心を開いていたのは私にだけ。本音を溢すのも私にだけ。けれど、陛下にこの事は何があろうと相談は出来ない。何故なら、エヴァン様の信用を私が裏切ったその瞬間に、正真正銘彼は独りになってしまうから」

信用しているから本音を吐露してくれる。

だが、時にその信用は毒と化す。

エヴァンの苦悩を知り、それに対して何か行動を起こそうと思えど、それらは全て「裏切り」となってしまうからだ。

「そして結局、私はエヴァン様の力らしい力にすらなれず……最後は案の定、溜め込んでいた不満が爆発してしまいました」

それが、今から十年以上も前の話。

エヴァンと、ヒイナが偶然出会ったあの日の話だ。

「ですが、あちこちを探し回り、漸く私がエヴァン様を見つけた時、エヴァン様は一人ではなかった」

見慣れない少女がいたんです。

私以外には、絶対に素の感情を見せないエヴァン様が、身体を水浸しにして年相応で等身大の態度で接して笑っていました。

そう語るノーヴァスの表情は、シンシアの目から見ても、どうしようもなく嬉しそうだと感じられるものだった。

「……それが、ヒイナさんだった、と」

「ええ」

そこで、会話が途切れる。

眉間に皺を寄せて、何やら黙考するシンシアと、昔の思い出に浸るノーヴァスの間に沈黙が降りた。

やがて十数秒ほど静寂は続き、何を思ってか。

「……一応、勘違いを避ける為に言わせていただきますが、ただの、、、天才だけなら、エヴァン様はあそこまで心を開く事はありませんでしたよ」

そしてだからこそ、ノーヴァスもまた、ヒイナを気にかけるようになったのだと言う。

「……違うの？」

懸念は的中。

案の定、天才という同類であったからこそという結論を出しかけていたシンシアに、ノーヴァスは、はい、と首を縦に振った。

「確かに、その事実がなければ、はじめの一歩すら踏み出せなかったであろう事は事実です。ですが、それはあくまでもきっかけにしか過ぎません」

そして思い起こされる十年以上昔の情景。

心配であるからとエヴァンとヒイナの様子を頻繁に盗み見、盗み聞きしていた第三者のノーヴァスですら、決して忘れられない言葉のやり取り。

エヴァンの従者を、ヒイナに務めて欲しい。

そう心から願うきっかけとなった出来事だ。

◆　◆

『偶にさ。分からなくなるんだ。本当のおれはどっ、ち、な、のかって』

それはエヴァンとヒイナが出会って一ヶ月程経ったある日の出来事。

その時既に、ある程度エヴァンはヒイナに心を開くようになっていた。

でもやはり、彼と彼女の間には僅かな遠慮のような、距離感のような、ぎこちなさがあった。

どうしても、抜けきれていなかった。

『本当って？』

『おれはどう在るべきなんだろうって、話。最近、よく思うんだ』

その質問の意図に、ヒイナは気づいていなかった。それもその筈。エヴァンの身の上話を彼女は一切聞かされていないのだ。

分かるわけがない。

しかし、盗み聞きをしていたノーヴァスにはエヴァンが何を言いたいのか。

すぐに理解が及んだ。

『求められてる姿ってのは、よく分かる。どうすれば良いのかも、よく分かる。でもそれだと、つまらないし、くだらなく思える。だけど、それが正しいっておれは知ってしまってる。でも、おれにとってはたとえ間違っていようと、今のおれが良くて。……ほんと、どうしたらいいんだろうな』

同じ年齢の子供と比べても、頭抜けて聡い少年だったからこそ、エヴァンはそんな葛藤に苛まれていた。

ヒイナと過ごせば過ごすほどエヴァンにとっての『今のおれ』に天秤が傾いてゆく。

しかし、怒りに身を任せて森に足を踏み入れたあの日以降、時折、ヒイナと共に過ごすのではなく、本来の役目でもある王子としての役目を果たすたび、エヴァンは現実に引き戻される。

そして苛まれる。

どちらが正しいのか。

自分ははたしてどちらを選ぶべきなのか。

まだ十年も生きていない少年に、上手く世渡りをすればいい。

という選択肢はそもそも存在していなかった。

肝心な部分はやはり、年相応だった。

『――難しい話は、私にはわかんないよ』

一見すると、それは投げ掛けられたエヴァンの問いに答える気がないという拒絶にも思える。

だが、続けられる一言によって、それは違うのだと思い知らされる。

『でも、エヴァンが思うようにすれば良いんじゃないかな』

少なくとも、私はそう思った。

それが、ヒイナの答えだった。

『おれの、思うように？』

『うん。エヴァンの思うように。エヴァンの選んだ道なら、私はそれを応援するよ。他の誰かが否定したとしても、私が肯定してあげる』

――だって、私とエヴァンは友達だもん。

その一言で、ヒイナが面倒臭がって返事を曖昧なものにしたわけではないとエヴァンも理解したのだろう。

少しだけ普段よりも目を大きく見開いて、瞠目していた。

『それに、エヴァンはエヴァンだよ。どれが本当かなんて、私にはよく分かんない。でも少なくとも、私は今、目の前にいるエヴァンの友達だから。だから、ね。安心してよ。私は誰が何と言おうと、この不器用で、偶に意地っ張りになるエヴァンの友達なんだから――』

ヒイナ自身はもう忘れてるかもしれない。

ただの慰めの言葉の一つだったのかもしれない。でも、そんな言葉一つで、あの時のエヴァンがどれだけ救われたか。

独りじゃないと教えてくれる。

たった、それだけの事。

でも、エヴァン・ヴェル・ロストアはあの時、間違いなくヒイナという少女に救われたのだ。

◆

◆

「……まあ、そんな事実一つであの兄さんがあそこまで変わるわけがないものね」

空白の時間。

そしてややあって、シンシアは呆れ混じりに口を開いた。

ヒイナと会うまでは、不気味なくらい完璧な王子だった筈のエヴァンは、ロストア王国に戻ったその日に、初めて我儘を口にした。

――大事な、友達が出来たんだ。いつかあいつを臣下に迎えたい。

そんな、我儘を正真正銘の屈託のない笑みを浮かべながら、父である国王に向けて告げたのだ。

その日を境に、完璧な王子は消え、代わりにかなり我儘で、やんちゃな王子が生まれた。

それでもって、いつかあいつを臣下に迎えるんだと、嬉しそうに、楽しそうに口癖のようにそう口にする王子様が。

「はい。エヴァン様を変えたのは、他でもないヒイナさんです。ならば、私は私の信じる最善の為に力を尽くすのみです」

それこそが、ヒイナを気に掛ける理由であるのだとノーヴァスは答えた。

少なくとも、ノーヴァスの目から見てエヴァン・ヴェル・ロストアは孤独な人間だった。年相応に、我儘を言い合える相手は誰一人としていなかった。

そんな彼に出来た初めての拠り所《友達》。

仕える人間の幸福を望むのは当然じゃないかと。

「それに、ああ見えて、エヴァン様は不器用ですから。側でお支えしてあげたいんですよ」

——エヴァン様は、ああ見えて恥ずかしがり屋ですから。

ヒイナとの思い出を、頑なに他の人間には話そうとはしないせいで、こうして変に勘繰られる事になった意地っ張りで、不器用な王子の顔を脳裏に思い浮かべながら、満面の笑みでもってノーヴァスは答えた。

第五章　予想外の強敵

温度の低い風が、頬をさらりと撫でる。

外界から隔離された洞窟という場所にもかかわらず、突然吹いたひんやりとした風を前に、鳥肌のようなものが登ってきた。

そして、洞窟に足を踏み入れてから数十分程たった頃。私達の目の前に、〝ナニカ〟が現れた。

それは大きな、大きな氷塊のような。

でも、不自然に鎮座するそれは氷塊ではないのだと、すぐ様理解する。

その氷塊は、まるで生き物のように微動していたから。

「――――おいおい、話が違うぞネーペンス」

全長10メートル。20メートル。

……ううん、多分、もっと大きい。

この大きさは、間違っても亜竜なんてレベルじゃない。

もっとヤバい存在だ。

そう心の中で漏らす私とは裏腹に、エヴァンは楽しげに笑っていた。

目の前にとんでもない存在が現れた事に、驚きつつも好奇心が抑えきれない、といった心境なのだろう。

洞窟の最奥は随分と開けていて。

周囲を確認すると、漸く風が吹いた理由が判明する。

「しかし成る程、あそこから入って来たのか」

エヴァンの視線と、私の視線が同じ場所へと向いた。そこには大きな穴が空いていた。

でもそれも刹那。

目を離してはいけないと本能的に理解をしていたからか。一瞬前まで氷塊と勘違いしてしまった真っ白に染まった巨体に再び目を向ける。

「────氷竜」

亜竜より更に上位の存在。

人によっては真竜とも呼ぶ生態系の頂点に立つ竜の一種。

氷を想起させる色合いの身体に、折りたたまれた透き通った翼。

目の前にいるだけで感じられる圧倒的な存在感。それはまさしく、魔物の頂点とも謳われる竜に相応しいものであると感じられた。

たとえそれが、背を向けられた状態であっても、尚。

「……待って、エヴァン」

しかし、何故か感じられる違和感。

そこに引っ掛かりを覚えた私は、今にも戦闘態勢を取ろうとするエヴァンを、制止する。

「様子が、おかしい」

「……様子？」

いくら私達が取るに足らない存在であると思われていたとしても、明らかにこの対応はおかし過ぎる。

何より、時折、耳を澄ますと聞こえてくる苦悶に似た呻き声はきっと聞き間違いではない。

「うん。多分この氷竜――――怪我してる」

此方に背を向けている為、どこを怪我しているのか。耳朶を掠めるこの弱々しい呻き声は本物であるのか。何もかもに確かな証拠はない。

でも、きっとこの竜は怪我をしている。

どうしてか、そんな確信があった。

そして、見るも痛々しいその事実に、私はほんの小さな同情を抱いた。

「……話し合いとか、出来ないかな」

魔物に区分されているとはいえ、竜は特別な存在である。

曰く、人と会話を交わせるだけの知能も備わっている。

曰く、無闇矢鱈に人を襲わない。なんて話も聞く。

〝メヘナ〟の存在は兎も角、あの吹雪は目の前の竜の仕業だ。だから、会話を交わし、話し合いで平和的に解決出来たりしないか。

怪我を負っていると聞けば、一見好機にも思えるけど、王宮魔道師として魔物の相手をそれなりにしていたからこそ、言える事だってある。

……死に物狂いと化した竜と戦うのはどう考えてもリスクが高過ぎる。

だから、出来るならば平和的に。

そう、エヴァンに提案をした直後だった。

「『……我に同情を向けるか、矮小な人間風情が』」

聞こえてきたのは、怒りの滲んだ声。

ずしん、と腹に響く低い声だった。

それが竜の仕業であるのだと、すぐに分かった。

「『縄張り争いに負け、情けをかけられ、逃がされた我を。あろう事か、人間であるお前らごときまでもが』」

ずずず、と音を立てて地面が揺れた。

そんな感想を抱きながら、私達に背を向けていた竜は、此方と向き合うように身体を動かす。

身体の至る場所が氷のように凍っていたからか、傷らしい傷は一見すると見受けられなかった。

でも、目を凝らせばよく分かる。

氷細工のように綺麗で、どこか透き通ったその身体には、赤い線があちこちに存在しており、凍らせる事で傷を無理矢理塞いではいたが、痛々しいまでに傷だらけであった。

「……吹雪を起こす理由はそういう事だったか」

隣にいる私にだけ聞こえる小さな声量で、エヴァンは呟いた。

目の前の氷竜は傷を負っている。

それも、ちょっとやそっとでは済まないレベルの傷を。

だから身体を休め、癒す時間が必要だったのだ。だから、吹雪を起こし、〝メヘナ〟を谷底に集めて人を近寄らせないように徹底していたのだろう。

「……ここから立ち退いてはいただけませんか」

口調を丁寧なものに変えながら、私は様子を窺うようにそう懇願した。

これが、普通の魔物に対してであればこんな気の迷いとしか思えない言葉を口にする事は万が一にもなかった。

でも、一応とはいえ言葉は通じる。

ならば、駄目元でも余計なリスクを背負うより話し合いにもっていくべきであると私は考えた。

何より、竜という生き物はプライドがとてつもなく高い種族。

約束を取り付けさえすれば、反故にされる可能性は極めて低い。それ故の申し出だった。

「『話にすらならん』」

ガラス細工のような瞳が、私を射抜く。

そして続け様にやってくるは、限界まで圧搾された殺意の奔流。

「舐めるな」と言わんばかりに放たれるそれを前に、思わず身震いをしてしまいそうだった。

「『……貴様はどうやら、勘違いをしているらしい』」

――――何を。

私が問うより先に、竜は嘲るように言葉を続ける。

「『我は怪我を負っている。近付けたくなかった。だから、吹雪を起こした。今、貴様が抱いてるであろうその考えは間違いではない』」

「なら――――」

「『だが、どんな理由があれ、どうして我が貴様なんぞの言葉に賛同しなければならない？　何故此方が譲歩せねばならない？　立ち退かねばどうするという？　戦うか？　まあ、それも良かろうて』」

同情される覚えはない。

誰かからの施しを受けるつもりも、ましてや、ここから立ち退けという提案を受け入れる気も無いと。

……交渉は、決裂。

ううん、きっと、そもそも交渉の段階にすら入る事を許されていなかった。

誰かの命に従うくらいならここで果てた方が万倍マシだ。言外にそう宣う目の前の氷竜に、妥協する意志は微塵も感じられない。

……でも、それでも窮鳥懐に入れば、に似た感情なのか、戸惑いが若干入り込む。

魔物とはいえ、見れば見るほど傷だらけの竜を相手に討伐を。ともなると気が引けてしまう。

それも、目の前の竜はあくまで吹雪を引き起こしてるだけ。人を襲ってはいないという部分がその感情を余計に助長してくれる。

「ヒイナ」

隣でエヴァンの声が聞こえた。

うん、分かってる。ちゃんと分かってる。

こうしてみっともなく逡巡しちゃってるけど、分かってるから。

そんな事で悩んでる場合じゃないって。

言い訳がましく心の中で言葉を繰り返しながら、竜を見詰め返す。

立ち退く気は無い。

だったら、残された選択肢はただ一つ。

このまま吹雪を起こされ続けていては、ミラルダ領の領民達の生活が立ち行かない。

加えて、今でこそ谷底に籠ってくれている〝メヘナ〟であるが、その数は時を経るごとに着実に増えていっていた。

今、対処しておかなければ後々、取り返しのつかない事態に陥る可能性は多分にあり得る。

――――だったらほら、答えはもう一つしかない。

「――――」

ちょうど決心がついたその瞬間だった。

ぱきり、ぱきりと音を立てて私達の足下が凍り付いてゆき、急激に温度が低下してゆく。

反射的に、私とエヴァンはその場から飛び退いていた。

「……ごめん、エヴァン」

交渉に失敗した事に対する謝罪じゃない。

これは、余計な事を考えた事に対する謝罪だ。

「いや、気にしなくて良い。ヒイナが話し掛けてなかったら氷竜《あいつ》の事情を聞けなかったかもしれないだろ。今後の事を考えれば、寧ろこれは良い選択だった」

慰めの言葉がやってくる。

……エヴァンはそこまで気にしてないようだけど、私の先程の選択はきっと間違いだった。

「『……舐められたものだな』」

呆れ半分、怒り半分。そんな声音だ。

「『貴様、本気で話し合いで解決するつもりだったのか』」

話し合いを持ちかけ、その間に不意をうつつもりでもなく、本心からそう思っていたのだと見抜いてか、竜が指摘をしてくる。

……それの何が悪い。

別に私は戦闘狂ではないし、竜を倒したなんて栄光も欲してない。ただ、事態が解決すれば良いと願っているだけ。

そしてその手段として私は出来る限り、大事な人間が傷付かない選択を選びたいってだけだ。

「……私の正気を疑ってるみたいですけど、私から言わせれば、貴方の正気の方が疑わしいですけどね」

魔物とはいえ、一応、私はコミュニケーションが最低限取れるから。

という前提の下に言葉を交わそうと試みた。

対して、目の前の竜は傷だらけ。

休養を取るしかない程疲弊しているにもかかわらず、こうして今にも戦闘の気配を漂わせている。

馬鹿はどっちだって言ってやりたかった。

そして、会話は終わり、剣呑《けんのん》な空気が色濃くなる。

……そこからは、一瞬だった。

――〝第五位階火魔道《アブレーション》〟――

声に出すまでもなく、目の前の氷竜が何かを仕掛けようとした事を見て取り、すぐ様燃えるような赤の魔法陣を私の視線の先に浮かばせる。

続け様に、二、三と行使し、そこにエヴァンが当然のように「合わせる」。

増幅する『魔道』の威力。

たとえ竜であれ、今の状態でなかったとしてもただでは済まない。

そんな予感を抱かせる程の連携。

……だったのに。

「『────！！！』」

直後、轟く言葉にならない戦火の咆哮。

喉を震わせ、鋭利な牙を覗かせながら開かれた顎門《あぎと》から放たれる叫び声に、バリン、と音を立てて魔法陣が壊れ、無効化される。

それは竜の恐るべき力量。

その本領の片鱗であった。

「……おいおい」

竜と対峙する機会なんてものは、どんな魔道師だって、一生を十回くり返してもあるかどうか。

だから、彼らの手札は分からない上、どこまで通用するのかなんてものは判断がつくわけがない。

恐らく私に限らず、エヴァンも竜と相対したのは初めてだったのだろう。

見せる反応から、それはすぐに分かった。

「……どういう原理なんだろうね」

ポツリと呟く独り言。

『魔道』を無効化だなんて、聞いたことが無い。でも、事実から目を逸らす訳にもいかなくて、雑考。

そしてそんな間に、折りたたまれていた翼が広げられ、次いで突風と言い表すべき風が吹き荒れる。

程なく、あまりに大き過ぎる体躯が、私達の視界に映り込んだ。

魔物の頂点に君臨する絶対的強者。

氷竜が私達に牙を剝いた。

「『――――――!!』」

距離を取り、放たれる息吹《ブレス》。

距離を詰め、迫らせる翼。鉤爪。

極め付けに、正体不明の魔法陣を破壊するアレと、圧倒的な機動力だ。

洞窟の壁を壊し、元々存在していた穴を広げながら立ち回る氷竜を前に思わず泣き言を溢したくなる。

そして、圧倒的な物量を伴って撃ち放たれた息吹《ブレス》が私とエヴァン目掛けて肉薄し、

「食らうもんか」

直後、普段であれば目を剝く光景が一瞬にして出来上がった。

私達の目の前に、炎の壁が生まれる。

――〝第四位階火魔道《イグナイト》〟――

熱気すら発し、時折揺らぐそれは正しく炎の壁。それも、魔法陣を同時に複数浮かばせた事により、その規模は普段の数倍にも上り、圧倒的な物量の息吹《ブレス》すらも撥ね除ける壁が出来上がった。

しかしそれも刹那。

氷竜の攻撃に触れるや否や、奔流の威力こそ打ち消してはいたが、その炎の壁は急速に冷やされ、ぱきり、ぱきりと音を立てて氷結を始める。

でも、それで良かった。

炎の壁に代わり、氷の壁が生まれるお陰で相手の視界から私達という存在が一瞬ばかし消える事になるから。であれば、攻撃を撃ち込めるチャンスが生まれる事になるから。

だから――――任せた、エヴァン。

「ああ、任せろ」

〝第四位階火魔道《イグナイト》〟が無力化された事を理解した私はすぐ様次の魔道を展開。

氷竜の注意をそこに惹きつけさせて――――

「貫け――――」

その間に、エヴァンの周囲に複数もの金色の魔法陣が浮かび上がり、そこから這い出るように金色の槍が生まれる。

次いで、バチリ、と、雷の音すら伴ってそれは次々と姿を晒し、

「――――〝第三位階雷魔道《サンダーランス》〟――――!!」

手を掲げたエヴァンの意思に従うように、手を下ろし、言葉を紡ぐと同時に一瞬にして数十もの数に膨れ上がった雷の槍が、弓から放たれた矢の如き速度でもって私達の前に生まれた氷壁へと殺到。

壁など知らない。

そう言わんばかりに、強引に氷壁に穴を開け、雷槍は氷竜へと飛来を開始。

しかし、壁越しに繰り出される猛攻を察知してか。逃げるように氷竜はその場から飛び退いて、移動。

だが、流星群を想起させるソレを避け切るには若干、判断が遅かった。

『――――――ッ』」

痛みに耐えるような言葉にならない苦悶の声と共に、幾つかの雷槍が氷竜の身体を貫き穿つ。

……でも、倒すにはまだ。

まだ、全然足りてない。

「……だ、から、さあッ」

本当に一体これはどういう原理なんだよ。

氷竜の注意をひく為に展開しようとしていた魔道がまたしても一瞬にして無力化された事に毒突きながら私は飛び回る相手の姿を目で追う。

そして追撃をせんと、立て続けに魔道を展開してゆくも、圧倒的な機動力の前には、擦りもせずに終わってしまう。

「……も、うッ、これだけ動けるなら私の言葉に応じてくれても良かったじゃん……!!」

嘆く。

身体に刻まれた傷をものともせずに飛行し、戦闘を行う氷竜を前に、叫び散らす。

でも、交渉をする余地なんてものは最早、どこにも存在しない。言葉すら届かない。

だったらもう、力でもって無理矢理にねじ伏せるしかなかった。

「……こ、の……ッ」

身体を巡る魔力を思い切り注ぎ込む。

そして、魔道を展開。

本命。陽動。陽動。陽動。陽動。

一筋縄ではいかない相手だからこそ、ここぞとばかりに湯水のように魔力を消費させてゆく。

お互いに短期決戦を望んでいる筈。

だったら、後先なんて考えるな。

いくら手負いとはいえ相手は氷竜。

余計な事を考えて勝ち切れる相手ではないのだから。

「流石に、竜ともなると張り合いが出るな」

負けじと魔法陣を浮かべ、私と共に竜と対峙するエヴァンはどこか愉しそうに言葉を紡ぐ。

戦闘狂、というわけではないんだろうけど、私が抱いたその感想は間違いではない。何故なら彼が浮かべている表情は、まごう事なき笑みであったから。

「張り合いって……」

呆れ混じりに、私は聞こえてきた言葉を繰り返しながら白い息を吐く。

とはいえ、エヴァンの感想は兎も角、この状況は決して悪くはない。

魔道で相手の攻撃を防ぎつつ、激しい戦闘音を思いっきり響き渡らせる。

希望的観測でしかないけれど、この音を聞きつけて離れ離れになってしまったネーペンスさんと合流できる可能性というものは、格段に跳ね上がっていると思うから。

「ひっ、どいなあ？」

呆れる私を見てか。

エヴァンが何を思ってか、普通の魔道師であればその規格外さに卒倒してしまうだろう物量の魔法陣を虚空に描きながら口にする。

「おれに負けず劣らずの笑みをヒイナだって浮かべてる癖にさ」

――――ほら、こんなに楽しそうに。

って、続けられた。

「……苦笑だよ、これは」

言い訳を、一つこぼす。

だけど、その実、向けられたその言葉は強ち間違いではなかった。

確かに、魔道は嫌いじゃないし、寧ろ好きだ。加えて、私はエヴァンの臣下になった身。

ちゃんと役に立っているんだって示せる機会があるのなら、それが欲しいと求めてすらいた。

だから本来、私にとってこの状況とは寧ろ望むところであり、歓迎すべきもの。

ただ、言葉では肯定こそしなかったものの、こうして二人で竜を相手取っている事実を前にして、エヴァンの指摘通り、高揚に似た感情を抱いているのもまた事実であった。

「なら、そういう事にしておくか」

一瞥すらせずに、どこか含みのある言葉だけが返ってきた。

「にしても、気付いたかヒイナ」

「……何が？」

「あいつが魔道を無力化させてるタネだ」

猛り吠えたと思ったら、私達が展開しようとしていた魔道の魔法陣が砕かれ、無力化。

それがひたすらに繰り返され、続けられている。

私達がひっきりなしに魔道の展開を行っている為、満足に氷竜も攻勢に転じる事が出来ず、膠着に近い状態が生まれていた。

「恐らく、あの竜はどういう原理か、陣を凍らせてる」

トリガーは、あの怒声のような吠えるタイミング。凍らせて、破壊する。

それを一瞬の間で行っている為、一見するとただ霧散したようにしか見えないでいた。

そんな折。

ちょうど、バリン、と音を立てて私が展開しようとしていた魔法陣が砕き割れ、雪に紛れて霧散した。

「ただ、その効果には限りがあるのか……見てみろ。ある一定距離、もしくは視界に入ってない魔道に関しては無力化されてない」

何も無駄に魔道を乱発していたわけではない。

魔道を無力化するあの意味不明な技のタネ、もしくは、抜け道を見つけ出したくもあったからだ。

「だったら——————やる事はひとつだよな」

にぃ。

突破口を見つけたぞと言わんばかりにエヴァンは喜色に唇を歪めていた。

「このまま物量で押し切れって？」

「そういう事だ」

どちらの体力が尽きるのが先か。

その我慢比べであるのだと言外に言うエヴァンの言葉を受け止めながら、「分かった」とだけ告げて私は引き続き、魔道を行使しようとして。

『――――舐めるなよ』

圧搾された殺意が滲んだ言葉が鼓膜を揺らす。

身体を駆け上る筆舌に尽くし難い悪寒。

それを感じ取り、慌てて身を反らした直後、先程まで私のいた場所を、恐るべき速度を伴ってナニカが通り過ぎた。

「…………ッ」

ツゥ、と私の頬に生暖かい液体が伝い、ぴりぴりと焼くような痛みがじんわりと走る。

そして立て続けに雨霰《あめあられ》の如く、そのナニカ――――氷柱のような鋭利な刃が私達に向かって降り注ぐ。

……流石に、一筋縄でいくわけがないよね。

至極当たり前の感想を抱きながら、身体を蜂の巣にされては堪ったものじゃないのですぐ様その場から飛び退いて離脱。

「エヴァン!!」

続け様、氷竜も魔道を使う事が出来るのか。

私達の足下を覆い尽くさんと大きく広がった白銀色の魔法陣を目視した私は大きく名を叫ぶ。

白銀の魔法陣――――であるならば、氷系の魔道。

「分かってる!!　相殺狙うから気をつけろ！！！」

複数存在する魔道の属性。

その中でも、相反する属性同士をぶつければ、本来の効果を発揮する事なく、相殺という結果が生まれることは、魔道師の間では常識とも言える知識であった。

足下に展開された魔道を、エヴァンが無力化する。だったら私は、更なる追撃をされないように、魔道を展開して氷竜の注意を逸ら、す――――ッ!!

「貫き穿てッ!!　〝第五位階火魔道《アブレーション》〟！！！」

展開速度は、この日一番。

最速に、そして最大規模で十数にものぼる数の紅蓮色の魔法陣が一斉に氷竜に牙を剥く。

先程まで、立て続けに無力化されていた魔道であるけれど、足下に魔道を展開していたせいか、速さを突き詰めた私の魔道を無力化させるには僅かに時間が足らず、そして。

「――――」

相殺した事による衝撃。

爆発音に似た轟音と、この場に似つかわしくない熱風が雪に紛れて吹き荒れる事となった。

＊　　＊

瀑布を想起させる白い煙。

耳をつんざく程の爆音を伴ってそれはあたり一帯に向かって容赦なく存在感を主張した。

「……成る程たしかに。これ程であれば、あのノーヴァスが殿下と比肩する〝天才〟であると口にするのも頷ける」

極寒の寒さ故に、汗といったものは流れない筈であるというのに、冷や汗が流れたかのような錯覚に陥りながらも、はぐれてしまっていた彼——ネーペンスはやや離れた場所にて、エヴァンらが生みだす光景を前に言葉を口にする。

そこには努力で至れる限界、その先も超えた正しく天賦の才と言い表すべき技量による応酬が行われていた。

眼前を埋め尽くす程の量の魔法陣。

それがたった二人と一体の竜によるものであると一体誰が信じようか。

しかも、その実力は伯仲しているようにも見える。

幾ら手負いの竜とはいえ、恐怖に身を竦ませず、現実を現実として見据え、ただただ最適解を手繰り寄せ続けるあの胆力は。度胸は。

少なくとも、ただの少女や、ただの魔道師と言い表す事が烏滸《おこ》がましいと認識するに至るに余りある光景が、まごう事なき現実としてそこに広がっていた。

「……悪いようにはならない、か」

ポケットに手を突っ込み、くしゃりと手の内で軽く折り畳まれた紙を握り潰しながらふと、思い起こす。

それは、エヴァンとヒイナがミラルダ領に姿を現す前。ノーヴァスから寄越された手紙に記載されていた言葉であった。

貴族としての誇りをネーペンスが強く抱いているという事実を認識していたからこそ、ノーヴァスは何よりも最初にヒイナの存在を明かしていた。

「……まぁ、平民が好きでない事は確かなんだがな」

あの、ノーヴァスの事だ。

恐らく、己が平民を好んでいない事を知った上で、あえて彼女を寄越したのだろうと薄々予想出来ていた事が事実であったのだと改めて認識をする。

理由としては、平民を好んでいない己の悪感情のようなものを払拭する為に、なんてところか。

実にノーヴァスらしい手法だ、などと感想を抱きながらネーペンスは苦笑した。

「私も頭ごなしに嫌っているわけじゃないと言うのに」

選民思想を抱いている、という点は決して間違ってはいない。

しかし、貴族であるという事実の前に、ネーペンスは魔道師である。

故に、あくまで魔道に関しては如何なる虚飾すら剝いで認識するつもりであったのだ。

有能であると己の目で判断すれば、別にエヴァンが彼女を側におこうと何一つとして口を出す気は無かった。

だからこそ、心外だ。

などと思わざるを得なかったのだろう。

抱いた感情ごと吐き出さんと、白い溜息が続いた。

「……しかし、どうしたものか」

邪念を振り払い、気を引き締める。

そして、目の前に映る現実を見詰めながら考えあぐねる。

用意された選択肢としては、助けに向かう。

この一つしかそもそも存在し得ない。

だが、あの中に交ざる。ともなると、僅かながら躊躇いに似た感情が生まれてしまう。

「……あそこには、交ざるわけにもいくまい」

氷竜と対峙し、互角の戦いを演じるヒイナとエヴァンであったが、それは絶妙なバランスのもと、成り立っている互角である事は目に見えて明らかだった。

例えるならそれは、薄氷の上をギリギリの綱渡りで渡っているかのような。

たった一つの要素で崩れてしまう程の脆い拮抗。言語という意思疎通の手段を限界まで省き、以心伝心とも言える境地に達した二人だからこそ、相対出来ているのだとネーペンスは判断を下していた。

だからこそ、今すぐに交ざって加勢する。

という選択肢だけは選べない。

それが事態の好転を促す行為であるとは思えないから。

「かといって、黙って趨勢を見守るという選択肢もあり得ない」

ここは他でもないミラルダ侯爵領。

自領の問題を全て他者に丸投げし、全てを委ねる、という事は貴族の誇りが、己自身が何より許さない。

「……〝メヘナ〟を減らしておく、が一番現実的ではあるか」

何をすればいいのか。

そう考えた時、まず先に浮かんできた選択肢がそれ。……けれども。

「……いや」

かぶりを振って一瞬前の己の考えを否定する。

「やはり、助力に向かおう」

一見すると入り込む余地がないようにも見えるが、何一つとしてやれる事はない、事もない。

三人で連携。

という事は難しいにせよ、やれる事は他にもある。

例えばそれは――――

「……〝第五位階火魔道《アブレーション》〟」

――――陽動であったり。

風鳴りのような小さな呟き。

それは、紅蓮に染められた魔法陣として形となり、程なく氷竜の頭上に広がる。

魔道を行使した事により、場に広がる驚きの波紋。顕著なそれを目視しながら、しかし、次の瞬間にはその魔道が無力化されてしまう。

「……チ、流石に一筋縄ではいかんか」

怪我を負ってもやはり竜は竜。

攻撃一つ容易に当てさせてくれないという事実を認識しながらネーペンスは臍《ほぞ》を噛む。

次いで、一瞬ばかり交錯する視線。

ぎゅうぅ、と猫のように絞られた瞳に射抜かれ、ゾクリと悪寒に似た肌を刺すような感覚に襲われる。

しかしそれも刹那。

臆する様子を見せる間も無く、ネーペンスの下に一つの声が届いた。

『――――ネーペンスさん』

本来であればそれは聞こえるはずのない声音。

だが、それなりに離れたこの場所にまで風に攫《さら》われる事もなく確かな声として聞こえている事実を前に、それが何であるのか。

その判断をネーペンスは下す。

――〝第六位階系統外魔道《ウィスパー》〟――

〝第六位階系統外魔道《ウィスパー》〟とは連絡手段として用いられる魔道であり、遠方にいる相手に声を届けるだけでなく、パスを繋いだ相手の呟きすらも拾う事が出来るものであった。

そしてそれが数ある魔道の中でもかなりデリケートな魔道故に、使い手が限られると知られる魔道であると理解をし、眉間に若干の皺を寄せながらネーペンスはその声に応じる事にした。

「……どうしましたか」

『良かった。無事だったんですね。一つ頼みがあるんですけど、良いですか？　……それと、私に対しては砕けた口調で全く問題ありませんよ』

早口に言葉が捲し立てられる。

その様子が、逼迫《ひっぱく》した状況下にいるのだと声の主――ヒイナの現状をありありと示していた。

「……頼みというのは？」

丁寧語が普段のネーペンスの口調でないと見透かした上でのヒイナの発言。

必要ないというのであれば良いか。と納得し、出来る限り短い最低限の言葉で返す。

『少しだけ。少しだけの間、時間を稼いで貰いたいんです。もしくは、私とエヴァンが時間を稼ぐので、魔道をある場所にぶつけて欲しいんです』

そうして、完全に晴れ、明瞭になる視界。

舞い上がっていた煙は薄れ消え、雪に彩られた景色と同化してゆく。

それに伴って、一斉に魔法陣が虚空に浮かび上がり、騒がしい戦闘が再開された。

『……ッ。い、まの、ままだと、かなりジリ貧なん、で……っ』

ヒイナの言い分は要するに、あの氷竜の注意をひけと。

――ほんっと、あれまでも避けちゃうって、流石に規格外過ぎるって……。

会話の中に割り込んできた焦燥感を孕んだ感想を前に、色々とここから見えない事態をネーペンスは把握する。

先の爆発の中で、必殺とも言える一撃をヒイナが繰り出していたのやもしれない。

しかし、それも全く効果が見られなかった。

だから、嘆いているのだろう。

「……魔道をある場所にぶつける？」

時間を稼いで欲しい。

と言うからには、刹那の時間では不十分なのだろう。

少なくとも、十数秒。

意識を外せるだけの時間は必須である筈だ。

けれども、生憎ネーペンスは時間稼ぎをする手段を持ち合わせていなかった。

一瞬で無効化された先の魔道。

そのタネが未だ分かっていないからこそ、たとえどれだけ大仰な魔道を展開したところで二の舞になる未来しか見えなかった。

だから、聞ける頼み事は前者ではなく後者。

そして、その内容を確認する為に、ネーペンスはヒイナにそう問い返していた。

『はい。ネーペンスさん、には、魔道をぶつけて山を崩して貰いたいんです。あと、出来ればその許可を』

「山……？」

予想外でしかない突拍子もない発言に、思わず聞き返していた。

山を崩せとは、これ如何に。

『もうご存じだとは思いますが、あの氷竜に魔道は効きません。厳密に言うなら、遠く離れていたり、意識の間隙を突けば何とかなりますが、それは現実的じゃないです』

大技を展開している隙を突けるタイミングがかなり限られている上、遠くから魔道を行使したところで威力はそれだけ低くなる。

何より、あの機動力の前では呆気なく躱されてしまう事だろう。

だから、その発言にネーペンスも胸中で同意していた。

しかし、ここでどうして山が出てくるのだろうか。そんな疑問に頭を悩ませる中、すぐに答えがやってきた。

『――魔道がダメなら、魔道じゃない他の力を借りればいい。それが私が出した答えです。山を崩して……それによって生まれる雪崩を氷竜にぶつける。恐らく、これが現状、私達が取れる手段の中では最善であると考えました』

ちょうど、私達を襲ったアレを再現するように。

そう、言葉が締めくくられた。

*

*

「しっかし、考えたもんだな。確かに、それなら正攻法じゃない上、恐らく魔道の連発よりもよっぽど目がある」

突として発動された〝第五位階火魔道《アブレーション》〟。

それを生み出した張本人であるネーペンスさんと私との会話を側で聞いていたエヴァンが感心したように言葉を口にした。

――山を崩し、雪崩を起こす。

私達自身が既に雪崩によって被害を受けていたからこその発想。

あのアクシデントがここにきて活きるとは私自身も思いもしてなかった。

「……ほんっと、良いところで来てくれたよ、ネーペンスさんは」

絶体絶命のピンチであった。

というわけではないけれど、何かしらの変化が欲しかった事は確かだ。

幾ら手負いの相手であるとはいえ、まともに戦えば私達の魔力が尽きるのが先である事は目に見えて分かっていた事であったから。

「それで、返事は？」

「分かったって言ってくれた。あと、山を崩す事についても」

「まあ、氷竜《あいつ》をどうにか出来るのなら、山の一つを崩す事くらい微々たるもんだろうなあ」

ネーペンスさんならば、そう返事をするだろうなと信じて疑っていなかったらしいエヴァンは笑った。

そしてやって来る氷竜の叫び声。

殺気と怒りの塊がびりびりと空気を振動させ、伝播してきたそれは私達の下にまで容易に届いた。


小賢《こざか》しい真似を……っ!!

遠間からのネーペンスさんの一撃。

それに気を取られた一瞬の意識の間隙を突いた私とエヴァンの攻撃。それらを翼を羽ばたかせ、紙一重で避けてみせていた氷竜はまるでそう言っているようでもあって。

「兎も角、ネーペンスさんがやってくれるのなら、私達は注意をひいておかなくちゃいけない」

雪崩を起こすにせよ、易々と躱されるわけにはいかない。絶好のタイミングで直撃させるのであればそれまで氷竜にソレを気付かせる隙すら与えてはいけない。

とどのつまり。

「となれば、もうやる事は決まったようなもんだよね」

勝てる見込みはついた。

ならば、後は先の事なぞ考慮に入れず、全てを出し切る勢いで氷竜の余裕を削り取ってしまうだけ。

ただ、結局、ゴリ押しでしかない選択を摑み取る事になってしまった為、やっぱりこうなっちゃうか、って堪らず笑みが漏れた。

「足、引っ張んなよ」

「それはこっちのセリフだから」

およそ本気とは思えない弾んだ声音で冗談めいた言葉が一つ。折角だから、その言葉に私も乗っかっておく事にした。

そして、エヴァンの視線が私から外れ、息吹《ブレス》らしきものを口内にて装塡する氷竜へ。

「ま、というわけだから」

既に意思疎通は可能であると露見している為、きっとその言葉は挑発の意味も込められていたのだろう。

ちっとも緊張感を感じさせない普段と変わらない声音で——一言。

「もう少しだけ、付き合ってくれよ」

そう宣うと同時、金切音を立てて魔法陣が氷竜の両翼目掛けて展開される。

加えて、私達のすぐ目の前にも特大の魔法陣を一つ。肉薄をすれば、いつでもこの魔道を当てられるぞ。という牽制を以てして相手の行動を制限。

しかし、そんなものは関係ないと言わんばかりに灼熱の奔流が叫び声と共に撃ち放たれた。

その間にも、展開した魔法陣の照準から氷竜の身体は外れ、虚空に身を躍らせる。

だけども——

「——そこに動くって、知ってたよ」

「『——ッ!?』」

避けるとすれば恐らく、この場所に。

先程までのやり取りから大体の癖を把握し、予想した上で私もエヴァンに負けじと魔道を行使。

予想で以ての一撃故に、発動までの時間が通常よりも数瞬ばかり早かった。

そしてそれが、氷竜から「隙」を引き出す一手へと昇華される。

「自分の身を守る気はゼロかよ」

「信頼してるからね」

「……ものは言いようだな」

先の息吹《ブレス》の存在をガン無視した上での行動に、呆れられる。

でも、私の鼓膜を揺らすその言葉は、満更でもないようなものであった。

その間にも迫る息吹《ブレス》。

だが、私達との距離がゼロになる一瞬前に、氷竜の牽制用と私が勝手に認識していた魔道が発動。

圧倒的な魔力量に物を言わせたとんでもない出力の〝第四位階火魔道《イグナイト》〟によって、襲い来る一撃を――――相殺。

でも、若干力負けしたのか、その反動が後方に位置していた私達に降り掛かってきたけれど、その程度は誤差の範疇。

爆風と錯覚してしまう程に吹き荒れる風に目を細めながら、私は展開していた魔道の名を叫ぶ。

「――――〝第三位階雷魔道《サンダーランス》〟――――!!」

雪景色に紛れて尚、存在感を主張する金色の魔法陣から出でるはバチリ、バチリと音を立てる雷の槍。その数、数十。

有無を言わせず発動したそれは、氷竜目掛けて飛来し、身体に確かな赤い線を刻んでゆく。

「魔法陣の状態ならかき消せるけど、発動したらかき消せない、ってところなのかな」

考察を一つ。

よく分からない吠え声で魔道をかき消さない理由は、かき消せないからであると自己解釈をし、ならばと考える。

「だ、っ、たら――――」

無数の魔道をひっきりなしに展開して時間を潰してやろうと思っていたけれど、そういう事ならばと考えを改める。

そして、飛来し、あらぬ場所へと進み地面へと直撃し掛けていた〝第三位階雷魔道《サンダーランス》〟に意識をやり、

「――――こんなのは、どうだろっ！！！」

〝戻ってこい《リターン》〟。

胸中でそう叫びながら私は空いていた右の手の五指をクイ、と動かし、強引に一方通行だった筈の進路を――――ねじ曲げる。

直後、急な方向転換をしたサンダーランスが竜を追尾し、巨体を斬り裂き、赤い線がその身体に刻まれてゆく。

「く、はッ！　あいっ変わらず、すっげぇなそれ!!」

隣から笑い声が。

頬が裂けたかのような唇の笑みは、ずっと昔によく見た歓喜の表れ。

喜色に表情を染めながら笑うエヴァンの姿につられるように、私の頬まで緩んでしまう。

魔道を展開する前にかき消されてしまうのだから、展開し終わった魔道は出来る限り大切にするべきだ。

だからこその、このアレンジ。

ぶっつけ本番だった上、出来るかどうかも定かでなかった為、ダメ元だったけれど上手くいって良かったと内心を隠しながら追撃を開始。

そしてその間にも、今度は氷竜の頭上目掛けてエヴァンが魔法陣を複数浮かばせた。

「氷竜《あいつ》に高度を上げさせるな!!　いくら雪崩とはいえ、飛ばれてちゃ当たるものも当たらなくなる!!」

「分かっ、てる!!」

雪崩に当てるか。

はたまた、雪崩に気を取られている隙に魔道を展開して一気に畳み掛けるか。

選択肢は二つあるとはいえ、それらは雪崩に氷竜が行動の選択肢を制限された場合の話。

だからこそ、私達は氷竜が雪崩から目を逸らせない状況下に持っていく必要があった。

「だけど、結構きっ、つぃよ、これ!!」

〝第三位階雷魔道《サンダーランス》〟を操りながら、それだけでは氷竜の脅威たり得ない故に、更に魔道を展開させ、そっちにもリソースを割きながらのやり取り。

恐ろしい程の魔力の消費量に気怠さを感じながらも、出来る限り気丈に大声で言葉を返す。

「でも、ヒイナならいけるだろ」

相変わらずの〝ど〟が付くほどの高評価。

しかも、それがお世辞でもなく紛れもない本心からの言葉なのだから救いようがない。

でも、そんな期待を寄せられるという事に悪い気しなくて。

だから、

「無茶を、言うっ!!」

無理とだけは口が裂けても言えなかった。

……まあ、到達点が見えないわけでもないし、限界まで頑張るつもりではいたんだけれども。

そして立て続けに魔法陣を浮かばせ、合わせ、陽動し、氷竜の冷静さを丁寧に削り、やがて。

「――――――――」

鼓膜を容赦なく殴りつけ、周囲一帯の視線を一斉に集める程の爆発音が、突如として響き渡った。

次いで、上がる煙。

それは巻き上がった雪と混ざり合い、爆発の発生源は瞬く間に見通せない視界不良な地帯へと陥った。

ネーペンスさんが上手くやってくれたのだと音で判断する。そして、より一層気を引き締める。

……ここからが、正念場。勝負所。

「――――来るよ、エヴァン」

何が。

と、言うまでもなく、爆発音の後。

場に降りた寸の静寂の後に続くドドド、という地響きに似た音が全てを物語っていた。

その勢いは。

その物量は、少し前に私達をのみ込んでくれた雪崩の比じゃないほど大きくて。

あれに巻き込まれたら今度こそひとたまりもないなあって感想を抱きながらも、操っていた〝第三位階雷魔道《サンダーランス》〟を若干の動揺を見せる氷竜に全て差し向ける。

……今更逃げようったってそうはいかないんだから。

「く、はっ、逃がすかよ」

同じ心境であったエヴァンのこぼした言葉に同意しながら、物凄い勢いで迫る雪崩の存在など知らないと言わんばかりに、私達は氷竜を注視する。

直後、翼を羽ばたかせ、その場から離脱しようと試みていたであろう氷竜から私達を射竦めんと睨め付けられるも、それを黙殺。

私も一緒になって魔法陣を浮かばせる。

この好機を、逃す訳にはいかなかったから。

「ここまでやったんだから、最後まで付き合って貰うよ」

言葉を交わす暇すら惜しいのか。

意思疎通は出来るだろうに、声は一向にやってこない。

私達の呟きへの返事は、蹴散らしてやると言わんばかりの攻撃、その予備動作だけ。

そして、多少の損傷は仕方がないと割り切ったのか。

差し向けた〝第三位階雷魔道《サンダーランス》〟を避けた後、周囲に浮かぶ魔法陣を無視して私達の下へと肉薄を開始。

その速度は身体に刻まれる傷を感じさせない程の速さであり、十秒もあれば私達の下にたどり着く事だろう。

故に、迷う暇などどこにも無かった。

「よし、ヒイナ。アレをやるぞ」

服の袖を捲ったエヴァンの右手が、その言葉と共に前へ突き出される。

事前の打ち合わせは一切ないにもかかわらず、アレ呼ばわり。

平時であれば、アレで分かるもんか！

と、言ってやりたくもあったけれど、幸か不幸か。その一連の動作で何をやるのか、私は分かってしまった。

だから――――応じる事にした。

◆　◆

『────うんっ、と強い魔道を教えてくれ』

それはかつての記憶。

十年以上前に、私の前でエヴァンが先生に対して言っていた言葉であった。

ここで言う強い魔道とは、使い手が世界全土を見渡せど、両手で事足りる程しかいないとされる十位階以上の魔道。

ただ、その教えを乞われた先生は私達がどう足掻いても使えないと見越した上でなのか。

案外、あっさりと教えてくれた。

だけど、案の定と言うべきか。

どれだけ練習しようとも、その魔道だけは十全に使う事が出来なかった。

『人外と呼ばれる方々でさえ、苦労する魔道ですよ。そう落ち込む必要なんてありません』

それが気休め程度の慰めではなく、本心からの言葉であると知って尚、エヴァンはその鍛錬が隙を見つけてはどうにか出来ないものかと試行錯誤していた。

そんなある日。

『二人で一つの魔道を完成させる、とかどうだろ』

漸く諦めがついたのか。

と思ったところで、思いもよらない発言が私に向けられた。

本来であれば一人で行使する魔道を、どう頑張っても出来ないからそれならいっそ、二人で完成させてみるのもアリなんじゃないか、と。

んな馬鹿な。

なんて初めは思ってたんだけれど、私は人よりずっと器用だからいけるかも。

そんなこんなで、先生までも乗り気になっちゃって結局、私までも付き合わされた記憶はまだ鮮明に思い出せる。

◆

◆

だから、すぐに分かった。

エヴァンが、何をやりたいのか。

何を求めているのか、が。

まさか、一度も成功したことの無い魔道をここでチョイスしてくるとは露程も予想できなかったけれど……迷ってる暇はどこにもなくて。

もう、どうにでもなれ！

そんな感想を抱きながら、エヴァンに倣うように私は左の拳を突き出した。

発動するは、火属性魔道の最高峰に位置する第十位階。

二人で協力をして、やっと僅かな糸口が掴めるレベルの困難な魔道であるけれど。

どうしてか、この時だけは不思議と出来る気がしたんだ。

無謀だとか、無茶だとか、出来ないとか。

なんでここでそのチョイスなんだよとは思えど、不可能であるとは思えなかったんだ。

何より、魔道を撃ち込めるとすれば、雪崩を起こしたお陰で氷竜が勝負を急いで冷静さを失っている今しかなかった。

そして視界に、氷竜の姿がすぐそこにまで迫ったその時。

眼前に紅蓮に彩られた特大の魔法陣が描かれ――程なく、私とエヴァンの声が綺麗に重なった。

「食らっとけ《食らえ》――〝第十位階火魔道《インフェルノ》〟――ッ！！！」

一面が白銀色に染められた眼前の景色。

そこに一筋の亀裂が入り込み、そして――私達の目の前で、瞬く間に紅蓮が全てを呑み込んだ。

――ばかげてる。

術者の本人ですらそんな感想を思わず抱いてしまうレベルの威力。

触れた先から周囲を埋め尽くす雪を、残らず溶かさんと紅蓮の炎はとどまる所を知らないと言わんばかりに未だ範囲を広げてゆく。

直接触れていなくても感じるぴりぴりとした肌を灼かれる感覚。その中心にいるであろう氷竜は、恐らくひとたまりもない筈だ。

……とはいっても、竜は普通の魔物とは勝手が違う為、今は一応倒せたけれど、竜という存在は何十年後という時を経て復活してしまうのだけれど。

「……ま、こんなもんだろ」

やがて、爆風に紛れて聞こえてくるエヴァンの声。次いで、重力に従うようにどすん、と尻もちをついたであろう音が続いた。

きっと、立ち続ける事すら辛くなるレベルで魔力を注ぎ込んだのだろう。

言葉では何事もなかったかのように取り繕ってはいたけれど、そこには隠しきれない疲労感が確かに滲んでいた。

「にしても、先生がこの場にいないのが残念で仕方ないよな。今のアレ、見てたら絶対驚いただろうに。見ろよ、あの雪崩まで吹き飛んでるぞ」

「……うっわ、本当だ」

……流石は第十位階。魔道における最高峰は伊達じゃない。

そんな感想を抱きながら、笑うエヴァンの言葉に、私も一緒になって驚く。

十年前までは、強い魔法を学んだ事で、強い魔物を狩ってやろうだとか。先生ですら使えない魔道を使ってやろうだとか。どうにかして先生を驚かせてやろうぜ、みたいな風潮が私とエヴァンの間にはあったから少しだけ損をしたような気持ちに陥って。

次第に晴れてゆく爆風越しに見える景色を、目を細めながら確認しつつ、

「……ま、なんだ。取り敢えず、お疲れさん」

手持ちの魔力を使い切った事で、どっと身体に襲いくる疲労感。

それに身を委ねながら私もエヴァンに倣うように尻もちをつくと同時に労いの言葉がやってきた。

「エヴァンも、お疲れさま」

私達の頭上を覆っていた洞窟の壁は当然の如く先の一撃によってごっそり削れており、風通しの良い場所へと変貌していた。

だから、上を見上げれば必然、視界には空が映り込む。

でも、吹き込んでいた筈の雪の気配は既にどこか薄れていて。

鈍色の空だった。

「竜の次は……何を倒してやろうかね？」

手負いの竜の相手でさえ、一苦労どころじゃなかったのに、抜け抜けとそう言い放つエヴァンに苦笑を向けながら、

「私は当分パス。これが万全の状態だったらって考えると……もう頭が痛くなるもん」

そこまで行くと付き合ってらんない。

って答えると、冗談だよ。冗談ってちっとも冗談に聞こえない言い訳が私の鼓膜を揺らした。

兎も角、これで漸く一段落、ってところなのかな。そんな感想を抱きながら、私は白い息を吐いた。

＊　＊

それから十数分後。

はぐれていたネーペンスさんと漸く合流した私達は、魔力がすっからかんだった事もあり、〃メヘナ〃に見つからないように気を付けながら、転移陣のある場所にまで一直線で戻る事になった。

その間に、見るからにふらふらだったエヴァンは途中、ネーペンスさんに背負われ――――そして、ものの数分で意識を手放し、寝息を立て始める彼の様子に、笑わずにはいられなかった。

そして、降りる沈黙。

早々に意識を手放したエヴァンのせいで、私とネーペンスさんの二人だけの空間が出来上がる。

ただただ過ぎて行く無言に気不味さを感じずにはいられなくて、気紛らわしに私は口を開く事にした。

「信頼、されてるんですね」

ざくざく。

積もりに積もった雪を踏み締めながら、私は何となくネーペンスさんに問い掛ける。

十年だ。

十年経っていれば、あの頃とは色々と変わっているのが当たり前。

とはいえ、世界で先生しか信用していないと言わんばかりであったあの捻くれた少年が、他の人の背中に背負われて休息を。

という現実は割とかなりの驚きだった。

「……貴女ほどではないがな」

そう言って、ネーペンスさんが楽しげに笑う。

「私ほど、ですか」

その言葉には、若干の思うところがあった。

だから、それを言葉に変える事にする。

「……とはいえ、今回のこれは、良い機会でした」

「良い機会？」

「エヴァンって、ほら、ちょっと私に信頼を寄せ過ぎなところがありますし、それで私をえこ贔屓《ひいき》しちゃって周りから目を付けられては、申し訳が立ちませんから。だから、こうして臣下として活躍出来る場を得られて良かったかなと」

殆どコネみたいなものだけど、臣下をするからにはそこはちゃんとしたいんです。

って言うと、何故か鳩が豆鉄砲を食ったような顔をネーペンスさんは私に向けてきた。

……一体どうしたのだろうか。

「……貴女のそういうところが、殿下の琴線に触れたのかもしれないな」

流石に信頼を寄せ過ぎだよね。

っていう私の想いを汲み取ってか。

ネーペンスさんがそう答えてくれるけど、そういうところと言われても、私的にはどこ!? という感じだった。

「要するに、今のままの貴女が殿下に好まれている、という事だ」

「……はあ」

いまいちパッとしない答え。

でも、このままで良いのならまあいっかと考える事を放棄する。

やがて。

「それにしても、良いものを見せて貰ったよ」

「良いもの、ですか」

エヴァンのぐでーっと力尽きた様かなとか、変なことを一瞬ばかり考えてしまうけれど、

「これでも一応、魔道師の端くれ。故に、魔道に対しては畏敬の念を抱いているものでな。第十位階クラスの魔道は一生に何度お目に掛かれるか分からない程の代物だ」

ああ、そっちかって納得。

「また改めて言わせては貰うが……竜の対処含めて感謝する。貴女と殿下を寄越してくれたノーヴァスにも感謝せねばならんな」

実に業腹ではあるが、あのサボり魔の公爵にも。そうネーペンスさんは言葉を付け加えた。

程なく見えてくる屋敷のシルエット。

忙しなく吹雪いていた吹雪も止み、視界は明瞭。それもあって、遠くの景色まで見渡せるようになっていた。

「それと、残った〝メヘナ〟の対処についてだが、此方は問題ない」

厄介だったのは〝メヘナ〟よりもあの吹雪。

吹雪さえどうにかなったならば、後は此方でなんとか出来る問題であると言い、ネーペンスさんは背負うエヴァンに一度視線を向けた。

「それに、殿下も含めて魔力はすっからかんだろう？　殿下と一緒に王城に戻ってゆっくりと休んでくれ」

今の私達であればたとえ居たとしても、体力の回復に努めるだけになる。

だったら、王城に戻ってゆっくりと。

という事なのだろう。

エヴァンがぐったりと寝ている間に勝手に返事をする事は気が引けたけど、魔力が回復するまで出来る事は何一つとしてないのでその言葉に私は頷いた。

「とはいえ、後数時間はミラルダ領《此処》に居てもらう事になるんだがな」

定時にノーヴァスに来て貰う事にはなってるんだが、それまでは帰る手段がないんでな。

と、ネーペンスさんが苦笑い。

〝第九位階光魔道《テレポート》〟が使える人がそう何人もいるわけがないよねって納得しながら、客間があるからそこで寛いでおいてくれと言う彼の言葉に再び頷いた。

そうこう話をしている間に屋敷へと辿り着き、そしてそのままソファで爆睡するエヴァンの頬を突《つつ》いたりしているうちに時間は過ぎ。

やがて、転移陣を通してミラルダ領へとやって来た先生だったんだけれど、何故か少しだけ複雑そうな表情を浮かべていた。

「ルイス・ミラー公爵殿を、ご存じですか」

開口一番にそんな疑問が私に向けられた。

そしてその名前は、私が王宮魔道師になるきっかけを作ってくれた人の名であり、かつて私が助けた人物の名。

ロストア王国の隣国にあたるリグルッド王国の貴族であった。

「ルイスさんは勿論知ってますけど……」

助けた。

という出来事があったからというのもあるだろうけれど、色々と私に良くしてくれた人だ。

忘れるはずが無い。

「……どうかしたんですか？」

あえて名前を出すくらいだ。

何かあったと考えるのが普通だろう。

少し前に目を覚ましていたエヴァンも、話が見えないと言わんばかりに、不思議そうに私の側で
先生の言葉に耳を傾けていた。

「……ヒイナさんに会わせてくれと言って、王城に今いらっしゃるんですよ」

流石にいくら他国の貴族とはいえ、公爵を相手に追い返すわけにもいかなくて対応に困っていた
のだと、先生は表情でそう物語っていた。

「やはり、お知り合いでしたか」

「……ルイスさんは、私を王宮魔道師にと推挙して下さった方です」

「……成る程、そういう事でしたか」

選民思想が深く濃く根付いたリグルッド王国の王宮で、平民である私が王宮魔道師としての地位
を得られた背景にはそんな事があったのかと、ようやく合点がいったと、先生は納得しているよう

であった。

「しかし、そういう事であれば尚更無下には出来ませんね」

そう口にする先生の表情は、どうしてか苦虫を噛み潰したように渋面であって。

「……今の状態のヒイナさんにあまり無理をさせたくはないんですが」

その一言のおかげで、先生がどうして私にそんな表情を向けるのか。その理由が判明する。

先生の事だ。今の私が魔力すっからかんでエヴァンと一緒になって休んでいた事は当然、お見通しなのだろう。

だからこそ、今すぐにルイスさんの相手をさせる事は気が引ける、といったところか。

「問題ありません。もう、随分と休めましたし。それに、私の意思ではなかったとはいえ、王宮を出た時点で私がルイスさんにその旨をお話しするべきでしたから」

だから、彼に私は説明をする義務があるんだと言葉を続ける。

あの時はルイスさんが公務で王都を離れたばかりだったから、邪魔をしてはいけないからとすぐに会いに行く事はしなかったけれど、どこかのタイミングで赴こうとは思っていた。

ただ、まさか向こうから来てくれるとは露程も思わなくて、そこに驚きはしたけど、これも良い機会であった。

「だから、その、そういう事であれば、ルイスさんに会わせていただいても良いですか」

第六章　ルイス・ミラー

「ご無沙汰、とは言っても、一週間程度ですけども……お久しぶりです、ルイスさん」

　ルイス・ミラー公爵閣下。

　本当は、そう呼ぶべきなんだろうけど、以前そう呼んだ際に、ルイスさんからやめてくれと言われていた。だから、私は公式の場を除いてルイスさんと呼ぶようにしていた。

　〝第九位階光魔道《テレポート》〟でミラルダ領から帰還し、ルイスさんの待つ場所へと急いだ私は、挨拶を口にすると同時に下げた頭をゆっくりと上げてゆく。

　そして、視界に映り込むルイスさんの相貌。

　黒曜石のような瞳に、知的さを感じさせる面立ち。いかにも文官、といった印象を抱いてしまうけれど、それが半分正解で半分不正解である事を私は知っている。

「いいえ。ご無沙汰で合っていますよ。一週間とはいえ、随分と長い一週間でしたから」

　その発言には、隠しきれない疲労感がどうしてか滲んでいた。

　続け様、殊更に深い溜息を一つ。

やがて、何を思ってなのか。

今度は何故か、ルイスさんが私に対して頭を下げてくる。

「ル、ルイスさんっ!?」

「今回の一件は私の落ち度です。入念にちゃんと、手を回しておくべきだった」

そこを気をつけていれば、私が追い出される事は無かったと、彼は言う。

……で、も。

「……頭を上げてください、ルイスさん。確かに追い出されはしましたけど、私が王宮魔道師に志願した目的は果たせましたし、責めるなんてとんでもない。もう何度目だって話ですけど、私を推挙して下さり、本当にありがとうございました」

一緒になって、私はもう一度頭を下げる。

頭を上げてくれる気配が無かったから、ならばと私も頭を下げ、二人して視線を床に向ける奇妙な状態を見かねてか。

「……ルイス・ミラー公爵殿」

後ろから、声がやって来た。

それは、エヴァンの声。

「それで一体、何の御用でお越しになられたので？」

私の態度。

それから、ルイスさんのこの態度から、悪い人ではないって分かってくれているのだろう。

その発言に、敵意のような感情は含まれてはいなかった。

エヴァンの登場により、頭を下げていたルイスさんは観念したように頭を上げる。

それを見て、同じように頭を上げた私の瞳には、何故か釈然としていなさそうな表情を浮かべるルイスさんが映り込んだ。

「……エヴァン王子殿下」

どうして、エヴァンまでここにいるのだと、疑問符を浮かべているようであった。そして、その様子を前にして漸く、「……あっ」と、彼の様子に合点がいく。

王宮を追い出された平民出の魔道師の側に一国の王子殿下がいる。どこからどう見てもその状況は異常でしかないじゃないかと。

だから私は、

「も、元々！　……元々、私がルイスさんに王宮魔道師になりたいと申し出た理由が、ここにいるエヴァン王子殿「敬称はいらん」……エヴァンに会う為だったんです」

二人の間に割って入る事は勇気が必要だったから、持ち合わせのなけなしの勇気を振り絞って声を張り上げた。

途中、指摘が入ったので言われるがままに訂正するも、そこについて触れる気はないのか。

特に指摘される事もなく、発言を耳にしたルイスさんは神妙な面持ちへと表情を変えてゆく。

やがて、

「……会いたい人がいる、とは事前に伺ってはいましたが……成る程、お相手はエヴァン王子殿下でしたか。確かに、それであれば少しだけ納得がいきます。特に――――ヒイナさんの魔道についていて」

「……私の魔道、ですか？」

「明らかに誰かから教わったものだったでしょう？　馬鹿にするわけではありませんが、貴族でないヒイナさんが魔道を学べる機会というものは、間違いなく極めて少なかった筈」

だからこそ、他国の王子であるエヴァンが絡んでいたならば、納得出来る部分は多いとルイスさんは言う。

「……ただ、ならばどうしてリグルッド王国の王宮に……？　ロストアの王子殿下が目的であったのであれば、言ってくだされば、私のツテを使ってロストア王国の貴族に優秀な魔道師として話を通す事も」

――――出来たのに。

本心からそう告げてくれるルイスさんの物言いに、申し訳なく感じてしまう。

「……えっ、と、その、知らなかったんです。エヴァンが、ロストア王国の人間だとか、王子殿下だとか、全く話していなかったので」

臣下になれって約束を取り付けてくるくらいだから、貴族なのだろうなとは思っていた。

でも、それが隣国であるとは思わないし、何よりそんなに位の高い人物だとは露程も思っていなかった。

だから私は、手っ取り早く貴族との接点を作れるであろう王宮魔道師に志願したのだから。

やがて、そうなんですか？　と尋ねるように、私からエヴァンへとルイスさんの視線が移る。

「ノーヴァスが、ヒイナに言うなとおれに口止めをしていたからだ。要らぬ厄介事を引き起こさない為にも、不用意に己の身の上話をするなと」

「……ノーヴァス・メイルナード殿ですか」

どうやら、ルイスさんは先生の事も知っているらしい。少しだけ複雑な表情を浮かべている事は気になったけど、悪感情、というわけではなさそうだった。

「成る程。事情は大方理解しました。……それで、私が訪ねさせて貰った理由、でしたね」

やや、言い辛そうに。

でも、言う他ないと割り切っているのか。

逡巡を思わせる開口、閉口といった躊躇が一瞬ばかし存在したものの、

「単刀直入に申しますと――――ヒイナさんの力を貸して欲しいのです」

「力、ですか……？」

思わず、眉根が寄った。

理由は、そう言われる覚えが私に無かったからだ。

確かに魔道の腕を見込まれたから、王宮魔道師にと推挙して貰った。その事実は私もちゃんと認識している。

だけど、いくら見込まれたとはいえ、精々が平凡を少し抜けた程度でしかない筈だ。

なのに——

などと私がひとり、思考の渦に囚われる中、エヴァンも私と似たり寄ったりの感想を抱いていたのか。

「話が見えない。事情をもっと詳しく話してくれ」

ルイスさんに向かってそう問い掛けていた。

「——カルア平原を、ご存じでしょうか」

対して、返って来た言葉はリグルッド王国に位置する平原の名前。

しかもそれは、王宮魔道師として私が勤めていた際、魔物の討伐をと担当していた場所の名前であった。

「……色々ありまして、うちの王子殿下がカルア平原に向かってしまったのです。しかも、最低限の供回りだけ連れて」

「色々って、ルイスさん……!!」

私の記憶が確かであれば、リグルッド王国の王子殿下は、とてもじゃないが、そこらの魔道師並みに戦える人ではなかったはずだ。

加えて、向かうにしてもあまりに場所が悪過ぎた。

カルア平原。

そこは一言で表すとすれば、魔物の巣。

それが何より適当であるだろう。

魔物の発生原因とされる瘴気の量があまりに多く、その為、殲滅を目的とした討伐を諦めざるを得なかった地。故に、リグルッド王国は民に被害が出ないようにカルア平原の周辺に魔道師を配置し、それで現状維持をと試みていた。

そして、四年前に亡くなった方が編み出した結界を用いる事でリグルッド王国は魔物の被害を最小限に止めていた――――筈なのだが、そこで結界の維持及び、偶に起こる結界からすり抜けてくる魔物の討伐の任をこなしていた私だからこそ、

「……それ、本当ですか？」

そう聞かずにはいられない。

ルイスさんが私に嘘を吐く理由はないだろう。

でも、そう分かってても尚、聞かずにはいられなかった。

カルア平原は特に広いがその代わり、結界を張っている人間に限り、結界内の魔力を大体ではあるが感知する事が出来る。

……ただ、結界を起動させられる魔道師はあの時の時点で、私を含めて十人程度だった。

曰く、結界を行使する適性を持った人間は、王国内でもひと握りとかなんとか。

しかも、その中の半数が引退寸前の魔道師ばかり。だから、探すとしても実質動けるのは両手で事足りる程度の人数だろうか。

……確かに、であるならば、一人でも多くの助けが欲しいという気持ちはよく分かる。

「でも、何でそんな事になったんですか……」

「……元々、私が王宮から離れる際に部下や殿下に言伝を残しておいたのです。ヒイナさんを丁重に扱ってくれと。……ただ、それが良くなかったようでして」

「よく、なかった？」

「ええ。負けん気、に似た感情でしょうか。平民に出来る事が己に出来ないわけがないと、飛び出してしまった……らしく」

お前はあの平民に謀られているのだ。

なに、その程度の行為、僕が代わりにやって来てやろうではないか。

などと、仰られていたようでして。と続けられたルイスさんの言葉に、思わず天井を仰いで溜息を吐きたくなった。心なしか、頭痛がする。

「……カルア平原の結界は、張る為には結界内に足を踏み入れる必要があります」

最年少であった事もあって、老齢の同僚達に無理はさせられないからと人一倍奔走していたから、結界の張り方もよく覚えてる。

そして、あそこの魔物は特に瘴気が濃い場所で生まれたからか、あり得ないくらいに強い。

だから、私も基本は逃げ回ってるし、倒そうと思ってもかなりの魔力を消費する羽目になる。

なので、倒すとしても、結界を通る事で疲弊した魔物ぐらい。

それもあって、無謀過ぎる。

という感想を抱かずにはいられない。

ただ、カルア平原にて魔物討伐を行っていた頃、幾度となくその危険性を訴えて――しかし、その訴えを真面に取り合ってすらくれなかった過去を思い返した事で、王子殿下が無謀に足を踏み入れた事実を否定出来なくなってしまう。

「……ええ。知っております。だからこそ、」

そこで殊更に言葉を切り、ルイスさんは何一つとして悪くはないのに、再び勢いよく頭を下げられた。

「虫の良い話とは存じていますが、今一度、お力添えを頂けませんか」

「駄目だ」

次の瞬間、ルイスさんの懇願を拒絶する言葉が場に響いた。

私の反応を待たずに紡がれたそれは、エヴァンの発言であった。

「エ、ヴァン……？」

私の力が必要であるのだと、わざわざ私の下にまで赴き、頭を下げた相手の気持ちに応えるつもりであった私は、彼のその対応に呆気に取られる。

次いで、難色を示すエヴァンの表情が私の視界に飛び込んできた。

「仮にヒイナが、貴方の懇願に頷いたとして……骨折り損になるだけならまだいいが、あの時の二の舞にならない保証はどこにある？」

――あの時。

エヴァンの口から出てきたその言葉が、私が王宮から追い出された事に関するものであると、すぐに理解する。

でも、その事とルイスさんは関係ないと先の会話で明白になったじゃないかと言おうとして。

「そもそも、追い出された人間が、追い出した張本人を助ける義理がどこにある？」

そんな至極当然とも言える発言に、口籠る他なかった。

「……ええ。その事は、重々承知しております」

だからこそ、頭を下げる事に躊躇いはないし、その上でこうして恥を忍んで頼みに来たのだと浮かべる表情が全てを物語る。

私自身が王宮魔道師という立ち位置に然程固執していなかったからなのか。

追い出された人間であったけれど、ルイスさんの頼みならばと頷こうとする自分が多くを占めていた。それ故に、どうしてエヴァンがそうも、拒絶の意思を突き付けているのかが分からなかった。

そんな折、

「心配なんですよ」

新たな声が、私の思考に混ざり込む。

それは、エヴァンの後を追ってきたのであろう先生の声音であった。

「エヴァン様は、ヒイナさんがまた傷付く事になるのではないかと、心配しているんですよ」

歩み寄る足音と共に聞こえてくる慈愛を感じさせる優しい声音が、私に向けられていたのだと自覚する。

……全く気にしていないと言えば嘘になる。

だとしても、私にはそれを差し置けるだけの理由があった。

本人は助けられた事に対する恩返しであると頑なに言って聞いてくれなかったけど、王宮魔道師に推挙してくれた一件は、私の中ではルイスさんへの恩義として認識していたから。

結果的にそれは骨折り損になってしまったけど、それでもあの時の恩を返せるかもしれないこの機会を私は逃したくはなくて。

「……私の事は別に――」

「別にじゃない。たとえヒイナが気にしないとしても、おれが気にする」

――気にしなくて良いのだと。

そう言おうとした矢先、即座に言葉をエヴァンに遮られた。

続け様に、言葉の向かう先は私からルイスさんへと移動する。

「公式な頼み事であれば、父も兵を貸してくれるだろう。だが、公式であれ、非公式であれ、リグルッドが関わっているのなら、おれはヒイナを関わらせる気は無い。……特に、そっちの王子殿下絡みの話であれば、尚更だ」

決定的なまでの「拒絶」であった。

……それが、100%エヴァンの都合によって口にされた言葉であったならば、私はそれを無理矢理に押し切ろうと考えたかもしれない。

でも、その言葉は私を案じての言葉だった。

だから、ルイスさんの懇願に頷こうにも、容易に頷けなかった。

妥協はない。

そう言わんばかりの態度を貫くエヴァンの説得は無理だと諦め、私は先生に視線を移すけれど、先生も先生で私の意見に賛同をしてくれるような様子ではなかった。

「…………」

ルイスさんは、私ならば。

と思って、わざわざ私を探し、そして隣国にまで赴いて下さった。

カルア平原の脅威は私もよく知るところだ。

だから余計に、今すぐにでも助けに向かわなきゃ、という気持ちが増幅する。だけど、エヴァンはダメだと言って聞く様子はない。

しかも、私への気遣いからの言葉であるが為に強く否定する事は憚《はばか》られる。

……雁字搦《がんじがら》めだ。

そう思った――――直後だった。

「いやいや、そこは彼女に行かせてあげるべきだと僕は思うけどなあ？」

開かれたままであった扉の先から、私の感情を後押しする言葉が不意にやってきた。

それは、やる気を感じさせない間延びした独特の声音。

一瞬にして、場にいた全員の視線が一斉に、声の主へと集まった。

そこには、貴族然とした身なりの、赤髪短髪の男がいた。声のやる気の無さとは裏腹に、顔のつくりは精悍で、その相貌からは鋭利な刃物。なんて印象を思わず抱いてしまう。

「気遣いは大事だとも。心配も必要だ。それが親愛を抱く相手であれば、尚更でしょうねえ。でも、過去の清算ってやつも、同じくらい大事だと僕は思うがねえ。ま、殿下の気持ちも分からんでもないけど」

髪を右の手で掻きあげ、そして掻きまぜながら、へらへらといい加減な態度を貫く彼を見て、

「……レヴィ」と、物言いたげな視線を向けながらエヴァンは小さく呟いた。

その呟かれた言葉の心当たりは、一つ。

先のミラルダ領での一件の依頼を斡旋してくれた貴族の名前が確か、レヴィという名であった筈だ。

「それに、馬鹿をしたのが彼女を追い出した張本人ってなら、真正面から文句を言うにはこれ以上ない機会だろうしねえ？」

「……違いますから。そんな不敬な事する気はこれっぽっちもありませんから」

冗談半分に口にされたその一言を、そうだったのか……？　と、エヴァンが割と本気で信じ込みそうだったので慌てて否定。

なんて事を言うんだと半眼でじっと見詰めてやると、冗談、冗談と笑いながら謝罪をされた。

……なんか、調子が狂う。

「……それより、何でレヴィがここに居るんだ」

政務はどうしたんですか、政務は。

と、諦観の込められた言葉と共に付け足された先生の言葉に、サボりに決まってるじゃんとさも当たり前のようにレヴィさんが即答。やがて、

「いや、さあ？　ネーペンスの件でノーヴァスに進捗を聞こうと思ったら、まさかまさかもう殿下が帰ってきてるじゃん？　だからその事について聞こうと思ったんだけど……何やら面白そうな話をしてるからさ。ちょっと、首を突っ込んでみようかなってねえ」

喜色に弾んだ声が発せられると同時、あからさまにレヴィさんの唇のふちに微笑が浮かぶ。

それは、好奇心に支配された子供が浮かべるような、そんな笑みであった。

やがて、扉の側にいたレヴィさんは何を思ってか、私の下へと歩み寄り、そして目の前で立ち止

まる。次いで、「はい」と言われて透明の液体が注がれた瓶を差し出される。

「いくら向かいたいと思ったところで、肝心の手段である魔力がすっからかんじゃどうしようもないでしょ？　だからこれ。君にあげるよ」

差し出された液体を注視して見てみれば、そこには魔力が内包されていた。

所謂それは、ポーションと呼ばれている魔力回復剤。そして、それが二本。

恐らく、エヴァンの分も。

という事なのだろう。

……やけに準備がいいと言うか、何と言うか。

「……適当な男ではありますが、能力だけは優秀なんです。一応コレでも、殿下と同様に〝天才〟と持て囃されていた人間ですから」

「能力だけはってひっどいなあ？　これでも、顔も割と良いつくりしてると思うんだけど」

「……こんなふざけた男ではありますがね」

念を押される。

余程、先生はレヴィさんの事を認めたくないのだろう。その点はひしひしと伝わってきた。

「とはいえ、この提案は全員にとってメリットがあると思うんだけどね。だからそう、親の仇でも見るように睨まないで欲しいんだけどな」

苦笑いしながら告げられたその言葉は、終始複雑な表情を浮かべていたエヴァンに向けられたものであった。

「メリット？」

「そう。例えば僕だったら――――そこのミラー公爵に恩が売れちゃう、とか。ミラー公爵は義理堅い事で有名だしねぇ。彼に恩を売れるのなら、ここでちょっとお高いポーションを消費したところで安い安い」

「……成る程」

ルイスさんの義理堅さは私も知るところであった。だからこそ、ルイスさんに恩が売れるのであればと考えて行動したと言うレヴィさんの言葉には道理でと納得できる部分が多分にあった。

「なら、おれにとってのメリットはなんだ」

「そんなの決まってるでしょうに」

待ってました。

と言わんばかりに、レヴィさんの笑みが一層深まる。そして、

「ムカつくバカ王子に堂々と文句をぶちまけてやる権利。他にもある事にはあるけど……これ、魅力的に映りません？　助けに向かえば、かなりの高確率でこの機会に恵まれると僕は思うんですけどねぇ」

へらりと笑いながら、レヴィさんはそんなとんでもない事を言い放つ。

……バカ王子、とは恐らくリグルッド王国の王子の事なのだと思う。

だけど、リグルッド王国の貴族――――しかも、公爵位を賜っている人間の前で、バカ呼ばわりしちゃだめでしょ……!!

そして案の定、エヴァンは目を丸くし、口は閉口。ゆっくりと一回、二回と目を瞬かせる。

呆れて物も言えないんだよこれ絶対。

と思う私であったけれど、何故かレヴィさんはその様子を前に、後一歩。なんてとち狂った感想を抱きでもしたのか。

「結果的に、追い出された事が殿下にとってプラスに働いたとはいえ、それでも言いたい事は結構あるんじゃないです？　それに、その子の事が心配なら、殿下が守ってやればいい。たったそれだけの話でしょう」

故に、ルイスさんの懇願を受けるべきだと。

そう言うレヴィさんの言葉をにべもなく一蹴する発言が――――

「……確かに、それは悪くないかもな」

――――何故かやって来なくて。

それどころか、全く真逆の言葉が私の鼓膜を揺らした。

「いやいや、ダメだから。それは絶対にダメですから」

難色を示していたエヴァンが乗り気になってくれる事は私にとって良い事ではあったけど、理由が理由なので慌てて止めにかかる。

そんな私の内心を知ってか知らずか。

けらけらと楽しそうにレヴィさんは笑っていた。

「とはいえ、だ。一つだけ、助力するにあたって条件があるんだよね。流石に、メリットがあるとはいえ、助けに向かうのなら、全部吐き出して貰わないとリスクとリターンがつり合わなくなるからさ」

ふざけた様子は僅かになりを潜め、レヴィさんがルイスさんに向かって言葉を告げる。

「どうして貴方は、引き下がろうとしなかった？　この子は最早、ロストア王国所属の人間だ。自国の、それも公爵位を賜った人間が、彼女が他国の魔道師になったと知って尚、それでもどうして助力を求める？」

単に、私を探していたからなんじゃないのか。

私が、カルア平原に詳しい人間だったからなんじゃないのか。

そう思った私だったけれど、事はそう単純なものではないのか。

「そもそも、貴方の一言があれば軍の一つや二つ、動かす事だって――――」

「――――出来なかったから、来てるんです。一蹴されたから、ヒイナさんを探しにやって来たんですよ、私は」

少しだけ、不機嫌に。

眉間に皺を刻みながら、ルイスさんが答える。

「……あまり、死者を悪く言いたくはありませんが、それでもあえて言わせていただくならば……そもそもの原因は、〝賢者〟ベロニア・カルロスが傑物過ぎた。これに尽きます」

ベロニア・カルロス。

その名は、勿論私も知っていた。というより、私がまだ王宮魔道師になったばかりの頃にお世話になっていた人の名である。

でも。

「あの結界を一から創り出したかの御仁が優秀過ぎたが為に、カルア平原に対する危機感が失われた。そして、私は軍を動かす必要はないと一蹴される事となった。子供の遊びに軍を動かす馬鹿がどこにいるのだと、そう言われたんですよ」

ベロニア・カルロスさんがあの結界をつくりあげた。そんな話は初耳だった。

私はあくまで、ベロニア・カルロスさんの手伝いをしてくれとしか聞いていなかったから。

「だから……頼らざるを得なかった」

誰も手を貸すどころか、その必要性を微塵も感じていないのだと彼は言う。

そもそも、カルア平原の現状を知っている人間は数少なく、日に日に維持される結界が脆くなって来ていた事は、私もよく知るところであった。

このままでは立ち行かなくなるって。

だから、ルイスさんは言ったのだろう。

――――優秀過ぎた、と。

「上はまだ理解をしていない。ベロニア・カルロスが死んでしまった今、どんな不都合が生じているかを。カルア平原の魔物共を押しとどめていたあの結界が、かの御仁の力で成り立っていた事を、まだ」

根本的な解決法があるとすれば、それはきっと痛い目を見る他ない。

……そんなものだと思う。

結界が綻んで、魔物が溢れて、少なくない犠牲が生まれて。

そうなって漸く、事態は認識される。

そうなって漸く、他人事ではなくなる。

「……こればかりは、殿下の自業自得でしょう。ですが、助けられるものなら、助けたい。私の懸念が杞憂であればいい。しかし、十中八九そうはならないでしょう。あそこは紛れもなく、危険地帯なのだから」

王子殿下が危険を訴えれば、カルア平原に対する認識もまた変わる事だろう。

極端な話、王子殿下が死んでもそれは同様だ。

しかし、これでもリグルッド王国の貴族の端くれ。故にだからこそ、果たすべき義務があるのだとルイスさんは言う。

「……成る程。貴方には元々選択肢は一つしかなかったと」

吐露された言葉の数々。

それらを前に、レヴィさんの表情は、渋い顔つきになった。

「それで、独断でやって来たわけだ。それで、引き下がる様子がこれっぽっちもなかったってわけだ」

先程までの話の流れからして、ルイスさんが独断で赴き、そして独断で助力を乞うている。

そんな事は誰でも分かる事実だった。

そして、レヴィさんの視線が私に向いた。

「……知っての通り、この子が行くなら、うちの殿下も助けに向かう事になる。きっとそれは、僕やノーヴァスが何と言おうと聞いちゃくれない」

不変の事実であるという。

「……まぁ、貴方がこの事実を分かっていないとは思えないけど、一応確認の意味も込めてあえて言っておこうか」

呆れるように。

仕方がなさそうに。

でも、少しだけ楽しそうに。

どこか、貴方らしいと言うように。

「ミラー公爵。貴方、この後どうなるか知らないよ？」

独断で。

それも、他国の王子に頼み込む。

内容は、王子を助けてくれと。

そんな内容。

本来であれば、それはあまりに拙《まず》かった。

でも、見つめ返すルイスさんの瞳には、微塵も躊躇いの感情は湛えられていなくて。

「最悪、貴方の立場は危うくなるかもしれない」

「そうでしょうね」

貴族同士、誰もが仲良く手を繋いでいるわけじゃない。疎《うと》ましく思っている連中だってきっといるはずだ。周囲はコレをどう捉えるかな？

と、警告を飛ばすレヴィさんは、ルイスさんに恩を売りたいのか、売りたくないのか。

判別がつかない態度を取り続けていた。

だけど、続いたルイスさんの言葉に少しだけ、口角を吊り上げた。

「そんな事は、承知の上です。これでも、リグルッド王国の貴族ですので、国に仕える臣下らしい役目を果たさなければ、先代から怒られてしまいます。たとえそれが、救いようがないバカ王子であろうと」

自嘲気味に。

どこか笑いを誘うように告げられたその一言に、場の空気が和む。

「それに、押し掛けておいて何を言っているんだという話ではありますが、これ以上、ヒイナさん《おんじん》に迷惑をかけるわけにもいかないでしょう」

「動機が動機なだけに、拙いか」

「申し訳ありません」

リグルッド王国の王子殿下がカルア平原に向かった理由には、不本意ながら私という存在が関わってしまっている。

そこが拙いのだと指摘するエヴァンの言葉に、嘆息をせずにはいられない。

完全にとばっちりであった。

リグルッド王国の王宮といえば、ルイスさんのような例外が幾人かいるものの、基本的には選民思想を持った者達の巣窟だ。

そんな彼らが、仮に王子殿下が命を落としてしまったとして。その理由に少しでも平民出である私が関わっていたと知ったならば――

……その先は、最早言うまでもなかった。

「ふ、はっ。……噂通り、〝ど〟がつくほど律儀な人だねえ。ルイス・ミラー公爵殿」

それが真、正しい行為であったかどうか。

その判断は下さないにせよ、少なくともその行為は僕の嫌うところじゃあないと笑みを浮かべる事で伝えながら、レヴィさんは喉を震わせた。

「でも、そういう人にだからこそ、貸しをつくる価値があるんだよねえ」

やがて、レヴィさんの視線は、閉口し黙って彼らの会話を聞いていた先生に向かう。

「そういうわけだから、お得意の〝テレポート〟でもうひとっ飛び頼めるかなあ？　ノーヴァス」

あるだろう？

カルア平原に、〝テレポート〟を使う為の印が。

そう、予め知っていたかのような口振りでレヴィさんは言う。

だけど、その発言にはどうしてという感想を抱かずにはいられない。

カルア平原はリグルッド王国の領土内。

〝テレポート〟は、印をつくった場所に転移する魔道であるが、どうして自国でもない場所に印を作る事になったのだろうか。

ルイスさんも私と同様の疑問を覚えたのか。

複雑そうな表情を浮かべていた。

そんな私達の様子を見かねてか。

「……ん？　あぁ、もしかして、ノーヴァスがカルア平原に印を置いてる理由が知りたかった？

そんなの考えればすぐに分かる話じゃん。答えは、まだ王宮魔道師として籍を置いていた君の身を案じた殿下が、ノーヴァスがいつでも助けに向かえるようにと無理矢――――むぐっ!?」

「余計な事を言うな」

本気のトーンで忠告を飛ばしながら、レヴィさんの口をエヴァンが物理的に塞いでいた。

先生はというと、どうでもいい情報を探る暇があるのなら、政務の一つでも真面目にこなしたらどうです。

と、呆れを通り越して感嘆しながらも――――やはり最後は結局、呆れていた。

「ぷ、は――――っ。ぃ、息!!　鼻まで塞いだら僕、息出来ないから!!」

「……お前が余計な事を口走るのが悪い」

数秒経っても口を塞いだ状態を解こうとはしなかったエヴァンから、やや強引に抜け出しながら、ぜぇぜぇと空気を貪りつつ、「口は災いの元と言うだろ」と指摘するエヴァンの小言を遮るように、レヴィさんは叫び散らす。

「……ま、そういうわけだからさ。話も纏まった事だし、徒労にならないよう、出来る限り早く向かってあげようっか」

＊　　　＊

「……僻地というのも、難儀なものだな。一度戻る時間すら惜しかったか」

あれから、すぐに移動の準備に取り掛かった私達は、先生の〝テレポート〟でカルア平原の付近に転移し、結界が張られている場所へ向かって足早に歩いていたところであった。

そして、エヴァンのその一言は、共に付いてきていたルイスさんに向けられる。

「……まあ、こればかりは仕方ない問題ですので」

レヴィさんはお留守番。

その代わりに、ルイスさんの護衛役であった数名の騎士の方と合流し、転移を果たしていたのだが、エヴァンのその一言で漸く私も気付いた。

如何に急ぎの用だったとはいえ、公爵家当主が隣国に赴いたのだ。にもかかわらず、この護衛の少なさはどういう事なのだろうか、と。

あまり多過ぎてはかえって警戒されるだけ。

そう考えて控えた線も考えられたけど、それにしたって数が少な過ぎる。

「領地に戻るよりも、ロストアに赴いた方が時間の消費が少なく済んだ……加えて、そこにヒイナさんもいるなら都合が良いと考えた、といったところでしょうか」

先生はそう言ってるけど、多分赴いた理由はもう一つあったんだと思う。

リグルッド王国とロストア王国は親交のある国同士。ならば恐らく、ルイスさんは先生が〝テレポート〟を使える事も知っていた筈。

そして、先生がリグルッド王国に〝テレポート〟する為の印を刻んでいる可能性は極めて高い。

更には、カルア平原の印でさえも。

であるならば、領地に帰って兵を連れ、何もかもが手遅れになってしまうくらいならば、ロストアに向かった方が色々と都合が良い。

たとえそれで、誰かに借りを作る事になろうとも――――。

そんなルイスさんの考えが、見え隠れしたような気がした。

「……どれだけ急いでも、王都から領地までは、片道に二日は要します。ただ、それは一人の場合に限りです。兵の編成やら諸々に一日。さらに、兵を連れてであれば、倍の時間は掛かるとみるべき。とすると」

「領地に帰っている間に手遅れになると踏んだ、か」

「……ええ、その通りです」

王宮魔道師になったきっかけがきっかけなだけに、私も何度かミラー公爵領にお邪魔した事がある。王都からはそれなりに遠く、片道は四、五日要していた筈。

……相当無理をして、二日なんだろう。

私がそんな事を考えていた折、

「ところで、肝心のカルア平原の広さは、どれくらいのものなんだ？」

「……リグルッド王国の王都よりも広いよ。ロストア王国の王都がどれだけの広さかは分からないけど、全て見て回るなら一週間は掛かる、と思う」

投げ掛けられた問いに、私が答える。

この中で一番、カルア平原に詳しい人間だって自覚はあるけど、それでもその全貌は殆ど分からない、が本音だ。

理由は単純明快で、カルア平原に生息する魔物が異常なくらいに強過ぎるから。

それを踏まえて答えるとすれば、きっとカルア平原の中で人探しをするならその更に数倍は掛かると考えた方がいい。

……一瞬、そう言おうか悩んだけど、私は口籠る。マイナスに思考が寄ってしまう発言は極力控えるべきだと判断をしたから。

「でも、だからといって、二手に分かれて探す事は絶対にしない方がいい」

「ミイラ取りがミイラになるから、ですよね」

「……はい」

先に警告をと思って発言をしたはいいものの、既に事情を知っていたのか。

先生にそう言われ、私は小さく頷いた。

効率を考えるなら、二手に分かれた方がいいに決まってる。でも、優先順位は間違っちゃいけない。今の私は、エヴァンの臣下である。

故に、エヴァンを危険に晒す選択肢だけは拒絶しなくちゃいけない。それが、エヴァンをこうして巻き込んでしまった私に出来る唯一の責務であると思うから。

「だが、それ程危険であるならば、結界の前で止められる可能性はないのか？　自国の王子がそんな危険な場所に向かう事を許す臣下がいるとは思えないんだが」

「……その可能性は、限りなく低いでしょう」

「どうして」

「……此方の殿下の性格が面倒臭い、という事も勿論ありますが、カルア平原での魔物討伐の任についている者達の忠誠が向けられている相手が王家ではないからです」

リグルッド王国の王太子の性格は……王宮に時折赴く中で色々と私も知ってしまってる。

面倒臭いというか、典型的な高慢ちきな思考というか。基本的にあの人の考えは自分至上である。本人は気付いてなさそうだったけど、扱い易いやつだからとおべっかを使っている連中を除いて、嫌われている、が正しいだろう。

王は王で、そんな王太子だとしても、そろそろ落ち着いてくれるだろうなどと考えて放置しているような現状。

まともな感性を持つものであれば、関わりたくないと思うのが普通。だから、その可能性は低いと口にするルイスさんの言葉に私も同意見だった。

「面倒臭い性格、というのはあからさまに嫌そうな顔をするヒイナの表情で大方理解した、が、忠誠が王家に向いていないとはどういうことだ？」

……え。

つい、心の中に止めておいたとばかり思ってたのに、エヴァンの言葉で違ったと理解させられ、反射的に己の頬に手が伸びる。

　ぺたぺたと触りながら引き攣っていないかどうかを確認する私の様子がそんなに可笑しかったのか。

　先生に笑われる羽目になってしまった。

「カルア平原での魔物討伐の任についている魔道師は、王家に忠誠を向けていた今は亡き魔道師に忠誠のような親愛を向けているからこそ、あの場に留まり続けてくれている」

「ベロニア・カルロスか」

「……ええ。その通りです。そして、彼らの守る対象は、ベロニア・カルロスが貫いた意志であって、王家ではない。故に、口を開けば不敬だなんだと言う人間を反感を買ってまで守ろうとする気はないでしょうし、何より、仮に彼らの手で止められていたとしてもあの殿下であれば、強行突破なりする事でしょう」

　――プライドが特に高い方ですから。

　だから、お前では危険過ぎる。

　などと言われた日には、もう誰であろうと王子の意志を止める事は叶わなくなるだろう。

　カルア平原《あそこ》にいた人達はいい人達ばかりだったけど、特にリグルッド王国の王子の事は嫌ってたっけなあ……。

　などと思い出しながら、もう少し人に優しく生きたらいいのに。と、無性にこの場にいない王子様に言ってやりたくなった。

「……成る程。お陰で色々と事情が見えてきた」

とどのつまり、カルア平原はリグルッド王国にあって、ないものと考えるべき。

そして、その存在はどこまでも軽んじられており、殆ど厄介払いの地と化してしまっている。

それが、カルア平原の実情であった。

それから更に歩き続ける事数分。

やがて見えてくる結界と、その付近に立ち尽くす人影。

私にとって、見知った人が視界に映り込んだ。

「————ベラルタさんっ」

紺色の髪を腰付近にまで伸ばした妙齢の女性。

特に、私の世話を焼いてくれていた元同僚の姿を見つけるや否や、私は一目散に駆け出した。

「……ん。なんだ、ヒイナかい」

少しだけ驚きながら、でもいつも通り優しい声音で私の名が呼ばれる。

ベラルタ・ヴィクトリア。

一応は、貴族の人間らしいけど、本人曰く、自称貴族嫌い。

そして貴族らしく在りたくないという意志のあらわれなのか。ベラルタさんの口調は女性らしくないものであり、面倒見の良い姉御肌な人だった事もあって、カルア平原で魔物討伐の任についている人の中でも私が一番仲が良かった人だった。

「それで、あんたがルイス・ミラーまで連れてるって事は……何か厄介事でも起きちまったかね？」

第七章　カルア平原

「にしても錚々《そうそう》たる顔ぶれだねえ。ロストアの王太子に、魔道師長。加えて、ミラー公爵ときた。こんな場所に、何の用だい」

微笑を貼り付けながら、事もなげにベラルタさんは言葉を続けた。

「……ここに、殿下はやって来ましたか」

時間がない。

言外にそう訴えかけるように、無駄な余談を一切挟む事なく本題に切り込んだルイスさんを前に、ベラルタさんは少しだけ眉根を寄せるも、それも一瞬。

何事も無かったかのように顔を綻ばせた。

「来ていたとして、それがなんだと言うんだい？」

「……どうして止めなかったんですか。カルア平原の危険性は貴女方が一番分かってるはずだ……！」

「分かってるよ。分かってるとも。だからあたしは一、度は止めてやった。引き返せ、と。でも差し伸べた手を振り払ったのはあっちさね。邪魔をするなとまで言って憤る奴を止める理由なんてありゃしないよ。特に、あたしらなら尚更に」

カルア平原にいる人達と国の上層部の人達は折り合いが悪い。

特に、貴族嫌いを公言しているベラルタさんならば尚更に。

「……貴女方は、リグルッド王国の臣下でしょう」

知らないと言うだけならまだ良かった。

それであれば、そのまま結界を越えてカルア平原の中に足を踏み入れるだけだったから。

しかし、ベラルタさんの物言いはあえてカルア平原に入れたかのようなものだった。

だから、言わずにはいられなかったのだろう。

どうして、と。

「ああ。そうだよ。あたしらは間違いなくリグルッド王国の臣下だ。民草を守る盾だとも。そしてだからこそ、今後のリグルッドを憂えたあたしは断腸の思いでコレは都合が良いと判断したのさね。ベロニア・カルロスが守ったものを守り続ける上ではコレが必要だったのさ。幾らカルア平原の脅威を訴えようと、結界があと数年もしないうちに機能を失うと言えどあいつらは聞く耳を持たないさね。だったら一人くらい、上の連中が身を以て証明するしかないだろう。カルア平原《ココ》は、危険だ、とね」

「……リグルッドでの居場所がなくなりますよ」

「じゃあ何だい。あのバカ王子を助けて、数年後に確実にやって来る破滅を待てってかい？　それこそバカだろうさ？　あたしらはリグルッドの臣下である前に、民草を守りたいという信念を貫いたベロニア・カルロスの同志なのさ。多くの民草の命と、必要犠牲が一つ。天秤に掛けるまでもないね。……というわけだよ。そういう事なら、お引き取り願おうかい」

カルア平原に足を踏み入れる為には、結界の一時的な解除が必要不可欠。

この鍵を、ベラルタさんが握ってる以上、彼女がダメといえば立ち入る事すら許されない。

あまりに予想外過ぎる出来事だった。

助けに行く、助けに行かない以前の問題だった。

「……仮にも王太子。どんな理由であれ、死ねば責任を問われる。お前、国を追われるぞ」

「優しいんだねえ。そっちの王太子様は。でも、これは貴方にも都合がいい話だと思うんだけどねえ」

「……なんだと？」

「そこのヒイナはよぉく知ってると思うけど、カルア平原の魔物はそこいらの魔物と比較にならない強さだよ。で、ここの結界は長くもってあと五年。このまま現状維持を続ければ、五年後にカルア平原に閉じ込めていた魔物が解き放たれる。領民はどれだけ死ぬだろうね。千？　万？　いいや。もっと死ぬよ。もっと死ぬ。そしてその魔物は、いつまでもリグルッドにとどまり続けてくれると思うかい？」

答えは、否。

「だから、ここで何らかのきっかけを作って、カルア平原の対策を上の連中にさせるのさ。あのバカ王子の側にはそれなりに腕利きの騎士もいた。あいつらが全員死ねば、上も流石にこれまで通りの軽視は出来なくなる」

それこそが、ベラルタさんの狙い。

だから、助けにいく必要はないと言う。

「全ての責はあたしが受け持とう。だからあんたらは全員、『知らなかった』と惚《とぼ》けてくれればいい。簡単な話さね。それで、全てが丸く収まる」

貴族嫌いを公言していたベラルタさんだ。

勿論、王太子を嫌っている事も私は知っていた。

でも、ここまで溝が深いとは知らなかった。

本意でないにせよ、死んでもいいとまで考える程とは思ってなかった。

だってベラルタさんは、誰も死なせたくないという理念を掲げていたベロニア・カルロスさんという人に憧れてるのだと、私にもよく語ってくれた人だったから。

誰も死なせない為に、ベロニアさんの代わりにカルア平原で頑張らなくちゃいけないと言い聞かせてくれてた人だったから。

「……平民だからと首を切り、諫言を一つすれば不敬だと怒号が飛び、これまた免職。そして加速する人員不足。ただでさえ人が足りないってのにね。ヒイナまで辞めさせられたんだろう？　だったら、連中の目を覚まさせるにはもうこれしかないさね」

王宮での扱いで身に染みて分かってる。

カルア平原はただの掃き溜めと思われている。

でも実際は違う。

何もないように見えるだけだ。

そして、カルア平原の結界を維持している魔道師達の尽力があって、何も起こっていない。

それが最早〝悪〟であるとベラルタさんは断じる。何かがなければ、これはもう変わらないと。

だから、助けには向かわせられないとベラルタさんは言う。

これは意地悪でも何でもなく、今後を考えた上で最善であるからと。

ただそれだけを切に願って。

「しっかし、わっからないもんだねえ」

戯《おど》けたように、言葉はまだ続く。

「ルイス・ミラー公爵。貴方があのバカ王子を助ける理由なんてもうどこにも見当たらないはずなのに、どうして握り拳を作ってるんだか」

責は全て受け持つとベラルタさんは言った。

なのに、それでもと逡巡する素振りを見せる理由は何であるのか。

単に人命が大事と思っているのか。臣下であるから王太子の死は見逃せないのか。それとも他の理由があるのか。

しかし、それが分からない。

ルイスさんが口籠っている以上、それは分からない。

「……貴女のそれが、一番最善でしょうね」

ポツリと呟かれる。

この国のカルア平原での内情を知っているからこそ、その言葉が出てくる。現状を変えるには何らかのインパクトが必要不可欠だ。

ただただ訴えたところで、何も変わりはしない。現状維持が続く事は目に見えてる。

だからきっと、ルイスさんもベラルタさんの言葉が正しいと同調していた。

「アレはロクでなしです。ロクでなしの、クソ餓鬼です。そこに、一片の間違いもない」

王太子という肩書きを忘れて、ルイスさんはクソ餓鬼と呼ぶ。

心底鬱陶しそうに、煩わしそうに、でもどこか、そこには親愛に似た情のようなものが少しだけ存在しているような、そんな気がしたんだ。

「最早、叩いても治らないところまで来てしまってるかもしれない。散々、丁重に扱ってくれと言っていたにもかかわらず、殿下は……いえ、いいえ、ルハアはそれすら破った。リグルッドの為を考えれば、私は傍観すべきなのでしょう。全てを知った上で、知らなかったと平気な顔をして言うべきなのでしょう。ただ、どれだけ救えないやつだろうと、私は一応、アレの叔父なのですよ」

ルハア・ドルク・リグルッドの叔父。

リグルッド王国の内情を知る機会なんてものは一切無かった為、その情報は私の知るところではなくて反射的に驚いてしまう。

「あんなロクでなしでも、一応は血縁者。貴女の言い分はよく分かる。最早、致命的な何かがなければ上は面倒臭がって動きもしない。私の意見にすら耳を貸しはしない。でも、それでも私の甥なのです」

故に、見捨てるわけにはいかないとルイスは言った。

「綺麗な話さね。だが、ねえ、綺麗なだけじゃ、もう収まりがつかないところまで来てるんだよ、ルイス・ミラー……ッ」

距離を詰め、ベラルタさんはルイスさんの胸ぐらを強く摑む。眼差しは、睨み付けるような厳しいものであった。

「公爵家の人間が、一人のボンクラを救う為に何万という民草を犠牲にするというのかい？」

「……私は、どちらも救いたい」

「無理だね。上が腐ってる時点でそれは無理さ。ただの笑い話の夢物語さね」

ベロニア・カルロスという人物さえ存命なら、こんな事にはなっていなかった。

彼という傑物によって絶妙なバランスが生まれていたのだ。故にルイスさんは言っていたのだろう。彼が、優秀過ぎたと。

「それでも私は、救いたい。救って、あいつを説得してみせます」

「その保証は。それが出来なかった時は」

「その時は、私がルハアの代わりになりましょう」

「……正気かい？」

「私は至って正気ですよ」

「…………。そうまでする理由がどこにあるのだか」

私も、そうまでする理由がちっとも分からなかった。ルイスさんが優しい事は知ってる。義理堅い人だという事も、勿論。

でも、それを踏まえてもカルア平原の危険性を理解してるルイスさんが、救いたいと口にする理由が見えてこなかった。

そんな事を各々が思ってる側で、独白でもするように言葉が並べられる。

「……アレがああなった理由は、きっと私達大人にもあると思うのですよ」

悲しそうに、でもどこか懐かしそうに。

「早くから使用人を与えて、甘やかすだけ甘やかして、増長して、傲慢になって。……だから、アレがああなったのは私達の責任でもある。それを、都合がいいからと死で償えは少々、むごいかと思いまして」

「……それが、他でもない甘やかしなんじゃないのかい」

子供とはいえ、王族だ。

それなりの責任が付き纏う立場であると己自身も理解しているはず。その返しが丁度、今やってきただけだろうと指摘するベラルタさんの言葉にまた、ルイスさんは口籠った。

そんな折。

「……言わんとせん事は……そうだな、何となく分かる気がする。分かりたくないがな」

黙ってやり取りを見詰めていたエヴァンが、二人の間に割って入る。

「周りから〝天才〟だと手放しに褒められて、欲しいものは何でも与えられて、王族としての生き方を叩き込まれて……性格や、歩んだ道が今とは少し異なっていたら、おれもそうなってたのかもな。リグルッドのとこの王子のように」

王城ではレヴィさんと結構物騒な事を言っていたのに、その一言は同情の余地があると言っているようなものだった。

ただ、エヴァンのその言葉のお陰で、何となくだけど私もその気持ちが分かったような気がした。

……だから、なのかもしれない。

私が、エヴァンに続くように声を上げた理由ってやつは。

「ベラルタさん」

「……なんだい」

「いつか言ってましたよね、あいつが守り続けてたカルア平原を、今度は自分達が引き継いで守り続けるんだって。誰も、死なせないんだって」

「…………」

「カルア平原の現状は、これでも分かってるつもりです」

いつか、王宮の人達が駆け付けてくれるんだろうって甘い考えを持ってはいたけど、それでもカルア平原の現状は分かってるつもりだ。

「でも、たとえ周りに被害を出さない為に必要であったとしても、あの時の言葉を私は嘘にしたくない」

どんな動機であれ。誰かが死ねばあの時の言葉は嘘になる。嘘偽りのないベラルタさん達の想いが、嘘に変わる。

あんなロクでなしのせいでそんな事になるのは御免だった。

「……じゃあ、五年後あたりに結界が壊れるのを見届けて、魔物を撒き散らせっていうのかい」

結界の維持は、このままでは五年が限度。

ベラルタさんが言うんだ。

それは嘘偽りのない真実なのだろう。

「ルイスさんと一緒に説得します」

「無理だね。いいかい、綺麗事だけじゃ世の中は回らないんだよ」

にべもなく一蹴。

この時点で、ベラルタさんを納得させられるだけの理由を私は持ち得ていない。

「……それに、ヒイナだってあたしに負けず劣らず貴族を嫌っていただろうに。なのに、どうして助ける。どうして懇願する。己を貶めていた相手を、どうしてこの期に及んでまで庇うんだい」

「……お願いします」

だから、できる事はといえばお願いをするくらい。真っ当な理にかなった道理で納得させられないならば、そうするしかない。

何より、ルイスさんの為でも、リグルッドの王太子の為でもなく、かつての同僚だったベラルタ・ヴィクトリアの想いを嘘にはしたくなかった。

何より、彼女もこうは言ってるけれど、それが本心でない事は私にでも分かるところだったから。

それから数秒ほどの沈黙が流れ、やがて呆れるように深い溜息が一つ聞こえてくる。

「……相変わらず、底抜けのお人好しさね」

ここまで来ると救えないと付け足される。

でも、浮かべる表情は厳しいものから変わり、どこか苦笑めいた表情になっていた。

「仮にあたしが折れて、バカ王子を助けたとして。向けられる言葉は、罵倒やもしれないよ」

私に忠告するように、ベラルタさんは言う。

私が平民だからと嫌われていた事はベラルタさんも知る事実。故に、たとえ感謝をされる行為をしたとしても、こうして頭を下げたとしても、返ってくるのはただただ心ない罵倒の可能性が高いと。

「そう、かもしれませんね」

その指摘に、反論する気はない。

何故なら他でもない私自身もそうだろうなって思ってるから。

とはいえ、ベラルタさんは一つ勘違いをしてる。

「でも、そもそも私は彼を助けたいからここに来たわけじゃない。彼を助けたいからこうして頭を下げてるわけじゃない」

追放の引き金をひいた人物は彼だ。

だけど私は、それほど恨んではいなかった。

……いや、元々殆ど気にするだけ無駄と捉えているが正しいか。

「私はあくまで、私の友人の為に動いているだけです」

身分は天と地。

だから、不敬でしかない発言だけれど、私はルイスさんやベラルタさんといった面々を大切な友人のように思っている。

私だって、聖人なわけじゃない。

あくまで私は、友人の為に動いているだけだ。

王宮魔道師として働くようになってからというもの、常に気にかけてくれていた恩人でもある人が、外聞を無視して頭を下げて頼み込んできた。

応じる理由は、これだけあれば十二分過ぎる。

人死にを是としなかった友人が、それを認めようともしている。

私がこうして突き進もうとする理由は、これだけあれば十二分過ぎた。

「だから、その他の人間にどう思われようが知った事じゃないんですよね」

「だから助けたいと？　だから助けに向かうと？」

「はい」

故に、王太子がどんな対応をしてこようとも、私には微塵も関係がないと言い切ると、ベラルタさんは私を見詰め続けていた視線を逸らした。

……あんたは、そういうヤツだったさね。

消え入りそうな声で、そう呟きながら。

「……ルイス・ミラー公爵」

「なん、でしょうか」

ベラルタさんは唐突にルイスさんの名を呼ぶや否や、ポケットに手を突っ込み、ゴソゴソと手探りに何かを漁って取り出す。

若干、毒気を抜かれながらも取り出したソレは、私も知る魔道具の一つであった。

「……どうしても助けに向かうって言うのなら、条件が二つある。一つ、助けに向かうにせよ、あのバカ王子をどんな手段を使ってでも説得しな。それが無理なら、結界外に出すわけにはいかなくなる。それともう一つ、カルア平原《こ　こ》の危険性を上の耄碌《もうろく》ジジイ共に伝えろ。これも、どんな手段を使ってでも、だよ」

それが呑めるのであれば、道を譲る。

ただし、それが呑めない場合は、譲るわけにはいかないと揺るぎない意志のようなものを湛えた瞳が言葉もなしに私達に訴えかけてきていた。

「それは勿論、誓って」

「……ふん」

刹那の逡巡すら無かった事が気に食わなかったのか。

煩わしそうにふんと鼻を鳴らし、取り出していた魔道具をベラルタさんはルイスさんに押し付けるように無理矢理手に握らせた。

「持っていきな。それで居場所は分かる筈だよ。……一応の保険は掛けておいたのさ」

〝居場所〟を知らせる性能を持った魔道具を渡してきたベラルタさんに皆が驚愕の視線を向けていたからか。そんな目で見詰めてくるなと言わんばかりに彼女の口調は呆れを孕んだものであった。

――――見捨てるつもりだった筈だろうに、一体これは何の為に。

不意に脳裏を過るそんな疑問。

しかし、ことこの場においてその疑問を口にする事はあまりに無粋に過ぎた。

故に、閉口。

小さく笑いながら、ありがとうございますと告げると咎めるように「……うるさいよ」と怒られてしまう。

でも、怒られたというのに私の頬は緩んだまま引き締まってはくれなかった。

理性的に厳しい言葉を並べ立ててはいたけれど、やっぱりベラルタさんはベラルタさんだ。

底抜けに優しい人だって思わされる。

「……時間はもうあまり残されていませんし、そろそろ急ぎましょうか」

そのベラルタさんから渡された魔道具が効果を発揮しているという事はつまり、王太子が未だ存命である証左。

だから、本当に手遅れになる前に急ぎましょうと口にするルイスさんの言葉に私は頷き、薄い膜となってあたり一体を覆い尽くしている結界との距離を詰めてゆく。

そんな折。

「最後に一ついいかい？　ロストアの王太子さん」

何を思ってか。

ベラルタさんはエヴァンを呼び、足を止めさせる。

「……なんだ？」

「ヒイナは、その……見た限り、そっちに身を寄せたんだろう？　リグルッドの現状は、まぁ、この通りさね。ヒイナにとってはリグルッドより、ロストアの方がずっといい」

はっきりとしない物言いだった。

でも、そんな感想を抱いたのも刹那。

「だから、ロストアがヒイナの面倒を見てくれるのなら、あたしからすれば願ってもない事さね。……ただ、どうしてロストアの王太子までここにいるんだい」

その理由は、エヴァンの行動原理が分からないからだと明言され、理解する。

普通に考えれば、手を貸す事はあるかもしれないが、その身一つで手を貸すという事はあまりに常識外れに過ぎたから。

「愚問だな」

しかし、そんな当たり前の疑問を前に、エヴァンは即答する。

心なしか、どこか楽しそうに声は弾んでいた。

「簡単な話だ。おれは、コイツに心底感謝している。放っておけない理由は、それだけで十分過ぎると思わないか」

「どういう意味だい？」

「〝特別〟が嫌いだったおれに、手を差し伸べてくれた人間がヒイナだっただけの話さ。子供の気まぐれだったのかもしれない。でも、あの頃のおれは、そんな気まぐれであったとしても確かにこいつに救われた。これはただその恩返しの延長なだけさ」

だから変に勘繰る必要もないと。

事もなげに呟かれた言葉に、先生は微笑ましそうに笑い、ベラルタさんは顔を少しだけ驚愕に彩らせた後、先生に倣うように綻ばせた。

「……そうかい。ヒイナは、天性のお人好しだったたってわけかい」

ベラルタさんが言葉をそう締めくくり、会話は終了する。

お人好し、お人好しと連呼されてはいるけど、私自身そこまで聖人になったつもりはないんだけど。そんな感想を抱いていた事を見透かしてか。

「少なくとも、貴女に救われた人が大勢いる。だから、そんな複雑な表情をする必要はどこにもないと思いますがね」

ルイスさんは、私にだけ聞こえる声量で、そう言葉を投げ掛けてきていた。

「……偶々ですよ」

あくまで私は、放っておけないとか。

手を貸したいとか。

そんな自分が抱いた感情に正直に従って行動し、生きてるだけ。

誰かを助けたい。

そんな高尚な理念に基づいて生きているわけでもなかったので、堂々と胸を張る事なんて出来るわけがないし、答えるとしても精々、偶々が関の山だ。

やりたいようにやった結果についていきていたものだったから、本当に偶々だった。

とはいえ。

「ただ、誰かの力になれていたのなら良かったです。人の縁ってやつは、そういう奇縁で巡り巡ってますから」

彼の言葉で言うならば、ロクでなしのクソ餓鬼の為に恥も外聞も投げ捨てて奔走し、頭を下げ回る。そんな事をしている貴方の方がよっぽどお人好しだと思った。

だけど、その自覚はないのか。

ルイスさんは終始、笑むだけだった。

＊　　　＊

「……どうなっている」

ポツリと。

獣の唸り声に似た声が呟かれる。

しかし、それも刹那。

「どうなってると聞いてるんだ僕はっ！！！」

怒りを湛えた小さな呟きは、怨嗟の咆哮となって周りの事などお構いなしに齢十五ほどの少年の口から吐き散らされた。

「……そうカッカしないでくださいよ殿下。私らだってどうなってるのか分からないってのに」

辛うじて呼吸しているだけの死人。

思わず、そんな感想を抱いてしまいたくなる程に顔面蒼白となっていた騎士らしき男が言葉を返す。

身体は血塗れ。

それどころか、幾つか欠損すら見られた。

偶然見つけた洞の中。

そこで身を隠すように岩壁に背をもたせかけながら、騎士の男は殿下と呼んだ藍色髪の少年を見やった。

彼の名を、ルハア・ドルク・リグルッド。

リグルッド王国の王太子であった。

「ベロニア・カルロスの残り滓《かす》が勝手に誇張してるだけかと思ってたんですけどねえ……」

前魔道師長であるベロニア・カルロスの信頼だけは、王宮にあっても絶大なものであった。

しかしあくまでそれは、全盛の頃の話。

十数年前まで脅威を誇っていたカルア平原をほぼ完璧に無力化していると上層部は捉えていた。

何より、幾ら実績と能力が途方もない程大きかった傑物であれ、晩年ともなるとその能力の落差は歴然。それ故に、晩年の人間でも抑えられていたから、最低限の人間がいれば一切の脅威がない場所。

という認識に落ち着いてしまっていた。

だからこそ、そんな場所に優秀な人間を寄越せと言われても何を寝ぼけた事を。

となる上、人手が足りないと言われようと、耳を貸す必要すらない戯言《たわごと》と取り合ってすらいなかった。

現に、一切被害が出たといった報告もない。

これが全てじゃないか。

それが上層部の考え、その全貌であった。

そして五年前。

出自の明瞭でない下賤な平民が、栄えある王宮魔道師の地位に据えられた。

しかもあろう事か、その者の力を借りるべきだ。借りなければならないとルイス・ミラーはしつこく述べていた。

それもあり、最近特にしつこかったカルア平原への増員の対処や、平民の手を借りる必要があるという意見を口にしていたルイスの目を覚まさせる為に、多少魔道に覚えのあったルハアが、その身でもって証明してやろうとした。

それこそが、事の発端。

事態の全貌であった。

「とはいえ、ここから抜け出すとなりゃ、色々と覚悟を決める必要が出てくるでしょうねえ」

ただの魔物であればまだ、どうにかなる余地はあったのだ。

しかしここは、カルア平原。

ベロニア・カルロスが作り上げた結界により、魔物達は閉じ込められ続け、一種の蠱毒《こどく》状態に陥っていた。

その中で、ただでさえ規格外だった魔物達が独自の進化を遂げている。

膂力であったり、知能であったり。

カルア平原に踏み込んだルハア達が、逃げられないようにと奥地へと踏み込んでしまっていたのもそれが理由であり、その為、安易に引き返そうにも引き返せない状況が出来上がっていた。

「覚悟……？」

「ええ、まぁ……今更隠しても仕方がないんで言いますけど、主には死ぬ覚悟、ですね」

「……ふ、ふざけるな!!」

「私も出来る事ならふざけていたかったんですけどね」

そうもいかないのだと。

普段より摑みどころの無かった筈のリグルッドにおいてもそれなりに名の知れた彼がいつになく真剣に告げていたからか。

ルハアは言葉を一瞬ばかし詰まらせる。

やがて、怒りに任せて叫び散らしても仕方がないと悟ってか。先程とは打って変わって声のトーンを落とし、

「……助けは。助けが来るはずだろう。僕の姿が見えないとあっては父上も動く筈だ」

「いいえ。助けはこない、でしょうねえ。何より、誰にも知らせる必要がないと考えてやって来た事が完全に裏目に出てしまってますよ。可能性があるとすれば、カルア平原の内情を知ってるあの連中だけですが……」

制止を無視し、強行突破してカルア平原に足を踏み入れた事実が脳裏をよぎり、男は言葉を詰まらせる。

ただ、どれだけ邪険に扱われようと此方は一応国の王太子。

その重要性は子供にだって理解が出来るはずだ。だから、助けを呼んできてくれる可能性も無きにしも非ず、だったのだが。

「……私らを止めたのは、あの〝貴族嫌い〟のベラルタ・ヴィクトリアですからね。可能性は億に一つ。その程度と思っておいた方が賢明でしょう」

「な……ッ」

選民思想にどっぷりと浸かった融通の利かないとある貴族のせいで、ベラルタは己が大切に思っていた平民の使用人を見捨てる事となってしまった。

ただ、それをすんでのところで助けたのが今は亡きベロニア・カルロス。

それ故に〝貴族嫌い〟であり、ベロニア・カルロスを慕っている所以であった。

そして、彼の意志を継ぐと事あるごとに口にしていた理由というものは、彼女にとって、それが彼に対する恩返しであると考えているから。

「彼女であれば、私達の死を利用して融通の利かない上層部を動かす。そのくらい考えていても、何ら不思議な事ではない」

事実、ベラルタ側の懇願をこれまで徹底的に無視し続けてきている。

どう考えても助けずに見殺しにした方が彼らにとって都合よく物事が動く事は明白であった。

「……やはり、どうにかして自力でこの場を打開する、しか方法はないでしょうねえ」

その言葉を最後に、男はふらつく身体を意思でねじ伏せてどうにか立ち上がる。

そんな彼の身体には、至る所に傷痕が存在していた。

しかも、その殆どが逃げ傷。

力量の差を一瞬で悟り、マズイと判断した彼がルハアを庇いながら逃げていた際に生まれた傷であった。

「取り敢えず、場所を変えましょう、か」

「……ここから移動するのか？」

「ええ。流した血に勘づいた魔物が、そろそろ寄ってくる頃でしょうから。これで恐らく、幾分か時間が稼げるかと」

いくら隠れる事に適した洞の中であるとはいえ、血の香りを放ってしまってる以上、血の臭いに勘づいた魔物がやってくる可能性は極めて高い。

ならば、それを逆手に取り、如何にも隠れそうな場所にあえて魔物を集結させる。

そしてその間に、カルア平原の外へと逃げ切る。

そんなプランを脳裏に描いていた騎士の男は、魔道を用いて己の身体の傷を軽く焼き、強引に止血してゆく。

「行きますよ、殿下」

「……あ、ああ。分かった」

止血に必要であったとはいえ、微塵の躊躇いすらなく己の身体を焼いた騎士の男の行為が余計に、己らが死に近いのだと自覚させてきたのか。

若干、空返事に似た調子であったが、ルハアは言われるがまま立ち上がる。

だが、不安と同時にどこか安心感もあったのだ。

レヴェスタ・アルクラード。

ルハアが不幸中の幸いにも、連れていた騎士の男は、リグルッドの中でも一、二を争う程の騎士であった。

この場に居合わせたのが彼でなければ、既にルハアは命を落としていた。

そう断言出来てしまう程に、彼は優秀な人間であった。

そして、血の臭いを使って魔物の気を逸らす。

その手法も、理にかなったものであった上、見舞われたこの状況下では最適解とも言えるものであった。

……ただ、侮るなかれ。

ここは普通の場所ではなく、カルア平原。

間違っても、即席の作戦が十全に通じる場所でもなく、ましてや、多少の小細工であれば全てを容赦なく理不尽にぶち壊した上で突き進む化け物《魔物》がすまう魔境である。

故に、この場にベラルタ・ヴィクトリアがいたならば間違いなくこう言ったはずだ。

考えが甘過ぎる、と。

その程度でどうにかなるのであれば、上に危機を訴えていないと間違いなく言い切った事だろう。

そして立ち上がり、魔物から逃げるべくレヴェスタと同様に疲弊していた数名の護衛と共に歩き出した彼らの背筋がある時、唐突にぞわりと粟立った。

ただ、幸か不幸か。

その理由は、すぐに判明した。

「――――――」

次いで、息を呑む音の重奏が響く。

誰もがその事実を認識したくないと拒む中、

「……初めから、そこに待ち伏せしてたってか？　……ったく、勘弁しろよ」

レヴェスタは、諦念の感情を声音に含ませながらも、どうにか己を鼓舞せんと言葉を紡ぐ。

逃げ切ったと思っていた。

しかし、違った。

面白半分にあえて、泳がされていた。

それが――――答えだったのだ。

出くわすや否や、レヴェスタが「逃げる」事を選択せざるを得なかった人面の四つ足の化け物が、鋭利な牙を覗かせながら好戦的な笑みを浮かべ、小さく喉を鳴らして立ちはだかった。

「殿下」

ポツリと。

人面の化け物を前にレヴェスタは呟いた。

否応なしに視界に飛び込んでくる三日月に歪んだ傲岸な表情。滴る唾液。

此方の事を餌か何かとしか見ていないであろう化け物と相対する中で、言葉を交わせるのは今ここしかないと判断したが故の言葉であった。

「ここからは、別行動といきましょうか」

それは、言ってしまえば不退転の覚悟のあらわれであり、決別に限りなく似たナニカであり、今出来る精一杯のレヴェスタなりの見栄であった。

「僕を、見捨てる気か……？」

どうにか搾り出したレヴェスタのその一言に対する返事は、どうしようもなくルハアらしいものであった。

しかし、レヴェスタはそれは違うと面白くもないだろうに、空笑いを挟みながら小さく首を振る。

「逆ですよ、逆。殿下を逃がす為の措置ですよ。どうもこの化け物は狩りを楽しんでるようでもある。私がそれなりに時間さえ稼げれば、何人か生き残るくらいは出来るでしょうよ」

己が捨て石になる。

その申し出が今出来る最善であると理解しているのだろう。技量も半端な人間が居残っても寸の時間すら稼げないどころか寧ろ足手纏いにしかならないと悟っていたからだろう。

周囲にいた他の騎士達からその一言に対する反論は一切なく、ただ静かにその言葉を受け入れているようでもあった。

「……だめだ。お前が僕を守れ」

「そうすれば十中八九全員お陀仏だ。だから、その言葉に頷く事は出来ませんねえ」

「捨て石の役割は他の者に任せればいいだろうが……!!」

この場においてルハアは、レヴェスタの技量にしか信を置いていなかった。

だから、この状況下であってもそのような発言が出来てしまう。

そうする事で他の人間から疑心に似た負の感情を向けられる事になろうが、それはもうお構いなしであった。それ程までに余裕は削り取られ、失われていた。

「それが出来るものなら、初めからそう言ってますとも。出来ないから、そう言わないんですよ殿下」

物分かりの悪い子供に言い聞かせるように。

そして、これが最後の会話になるかもしれないという予感を受け入れながら、

「しっかし、ベロニアの連中はよくもまあこんな怪物どもを抑え込んでたもんだ……確かに、ここまで来てるんなら、貴族だ平民だと言ってる側が愚か極まれり、ってとこなのかね」

こんな化け物が一体だけでない事は、レヴェスタ達は身をもって知る羽目になった。

だからこそ、才あるものは誰でも受け入れ、事の対処にあたる、くらいの事はして然るべき、か。

そんな考えが湧き上がり、そのまま言葉に変えて口にすれば殿下は怒るのだろうなと理解しながらも、別に今であれば良いかとレヴェスタは割り切り、口を開く。

「殿下ぁ。一つ、最後と言っちゃなんですが、私の頼み事を聞いちゃくれませんかねえ」

……ここでくたばるならば、言っても言わなくても同じかと考えたが故の発言だった。

「……そろそろ、その同族嫌悪をやめにしたらどうです」

「…………」

故に、遠慮なく、レヴェスタはルハアの地雷を踏みにかかった。

人面の化け物は、その会話が醜い犠牲のなすりつけ合いとでも思っているのか、幸い、ひどく歪んだ笑みを浮かべながらジッとレヴェスタ達の様子を見ていた。

じわりじわりと追い詰めるのが好みであるのか。

逃げ道を塞いでいる事もあってか、その表情には余裕の色が濃く滲んでいた。

「……悪いな。レヴェスタ。よく聞こえ――」

「庶子だからと、平民を嫌うその癖をこの際、取っ払っては如何と申させていただきました」

よく聞こえなかったと、聞こえないふりを敢行しようとしたルハアに、それは許さないとばかりに言葉を繰り返す。

しかも今度は、言い訳のしようがない程、核心に踏み込んだ上で。

表向きは一応、ルハアは本妻の子。

という扱いになってはいるが、一部の人間だけが知る事実であるものの、ルハアは紛れもなく、庶子であった。

それも今や没落した、貴族だった御家の令嬢の子であった。

ただ、生母が病で逝去した事と、現国王陛下と本妻の間に子が儲けられなかった事から一応、嫡子扱いを受けている王子。

それが、ルハア・ドルク・リグルッドの実体であった。

如何に貴族だったとはいえ、没落しては最早、平民と大差はない。

それ故、平民を前にすると自分の事を指摘されているような被害妄想が己の中で繰り返されでもしていたのか、極端にルハアは平民という事実があるだけでその人を嫌っていた。

「あのルイス・ミラーが必要と言ったのです。恐らく、あのヒイナとかいう平民の存在は本当に必要だったのでしょうよ。そして、恐らくこれからも第二第三の彼女のような存在が出てくる。正直、こんな化け物とやり合うなら、そんな拘《こだわ》りはさっさと捨ててしまった方がいい。そう、思いましてね」

それが、己に出来る最後の助言であり、頼みのようなものであるのだとレヴェスタは言う。

「正直、化け物って呼び方も生易しく感じるくらいでしてね。だから、まあ、今更でしかないですが、そんな拘りは取っ払ってしまった方が良いんじゃないかと思いまして」

やがて、そこで漸く痺れを切らしたのか。

もういいだろうと言わんばかりに人面の化け物が動いた事をいい事に、レヴェスタは洞になっていた周囲。

その天井を手にする剣で一思いに斬り裂く。

ず、ず、ず、と斬り崩れる音が続いた。

レヴェスタと、その他を隔離する為の措置であるのだと誰もが一瞬で気付く。

次いで、先の会話に対してろくに納得も出来ず、尚且つ、レヴェスタと共に行動をするつもりでしかなかったルハアは呆気に取られたようにその場で立ち尽くしていた。

「……っ、し、失礼します……ッ!!」

そんな彼の姿を見かねてか。

周囲にいた騎士の一人が、崩れ落ちる天井に巻き込まれないよう、その身体を担ぎ、その場から離れてゆく。

「さあ、やろうかい。化け物さん。守るもんがなくなった俺は、これまでとはひと味違うぜえ？

……簡単にこの先を追えると思わねえこった」

轟音とも形容すべき岩なだれの音に紛れ、威勢のいいそんな言葉が、間隙を縫うようにその場に小さく響き渡った。

＊　　　＊

――――ひたすら、駆け走る。

あの後、一つだけ忠告を残してくれたベラルタさんと別れた私達は、すぐ様カルア平原へと足を踏み入れ、ひたすらに足を動かし続けていた。

「……それで、あいつの言ってた〝暴食《グラトニア》〟って一体何なんだ？」

この中では内情を一番よく知っている私に、エヴァンが唐突にそう問うてくる。

ベラルタさんがくれた忠告は簡潔なものだった。

『……〝暴食《グラトニア》〟には気をつけな』

たった、それだけ。

けれど、カルア平原で結界の維持に携わっていた人間からすれば、これほど絶望を促す言葉もないだろう。

「……〝竜喰らい〟、なんて呼ぶ人もいる人面の化け物だよ。四つ足で、兎に角強い。基本的に、一人の時に出会ったら何を差し置いてでも逃げろって言われてるくらいには」

カルア平原に初めてやって来た時、何よりも先に教えられた事が、結界の維持の方法ではなく〝暴食《グラトニア》〟を目にしたら何がなんでも逃げろ。

という忠告であった程。

何度か、結界維持に携わっている人達総動員で討伐を試みた事もあったけれど、腕っ節だけでなく頭も魔物の癖して賢しいようで、人が多く集まってる時には絶対に私達の前に姿を見せる事はなかった。

「……人面の化け物、ですか。聞いた事がありませんね」

「恐らくは、突然変異の魔物だと思います。カルア平原ではよくいるんです。そういう突然変異の魔物が」

その中でも特に危険度が高いとされているのが、ベラルタさんも言っていた〝暴食《グラトニア》〟である。

名の由来は、悪食である事から。

〝暴食《グラトニア》〟はそれこそ、何でも食らう。無機物、有機物問わず、物であればそれこそ、何でも。故に〝暴食《グラトニア》〟。

「それで、その〝暴食《グラトニア》〟とやらの弱点は？」

「……〝暴食《グラトニア》〟は名前の通り、何でも喰べる魔物ですが、唯一、魔道で生み出した現象は食べられないらしいんです。聞いた話ですが、身体は鋼鉄並みに硬いとか、何とか。だから、弱点というより、攻撃手段は魔道のみと考えて貰えれば」

故に、特に騎士と呼ばれる連中とは相性が抜群に悪い魔物としても知られている。

幸い、結界の維持を行える人間は魔道師のみ。

だから、その相性の悪さというものを味わう機会は一度として無かったのだが、

「……だとすれば尚更急がなければなりませんか」

「……なんですよね」

私と、ルイスさんの間でのみ会話が成立する。

「……？　それは、どういう事なんだ？」

「理由は分からないんだけど、リグルッドの方の王子殿下の周りは何故か騎士の方で固められてたんだよ。多分、護衛に何人かいたとしても恐らく全員、魔道師じゃなくて、騎士だと思う」

〝暴食《グラトニア》〟からすれば、これほど打倒し易い相手もいない事だろう。

だからこそ、余計に焦燥感を煽られる。

「それに、ルイスさんが持ってるこれを見る限り王子殿下達は多分、かなり奥にまで進んでる」

ルイスさんの手元を覗きこみながら私は、エヴァンにそう説明する。

満を持して奥へと誘導し、そこで確実に始末する。如何にも〝暴食《グラトニア》〟がやりそうな手口であった。

それにだからこそ、ベラルタさんもあえて気をつけろ。なんて言葉を言っていたのだろうし。

「……間に合えばいいんだけどね」

間に合えばいいじゃない。

間に合わせなくちゃいけない。

……そうは思えど、中々厳しいものがあるのもまた事実であった。

そんな中。

魔道具が示す場所はまだ先である筈なのに、見慣れない複数の人影が私達の視界に入り込む。

それは――――騎士であった。

「っ……!!」

……否、騎士らしき重傷人と言った方が正しいか。

逸る気持ちに従うように、忙しなく動かしていた足の動きが更に加速する。

そして何故か、目を凝らしてみれば、そこには見覚えのある王子の姿もあった。

「な、ん……ッ、どうして……!!」

二重の意味で驚愕だった。

一つに、件の王子様が視線の先に騎士達と共にいた事実に対して。

カルア平原、その奥地に位置する場所で明らかにカモであるとしか捉えられない集団が魔物に襲われず無事でいるなど、内情を知る人間からすれば異常にしか映らない。

二つに、今現在、ルイスさんが手にするベラルタさんから受け取った筈の魔道具が指し示す〝居場所〟がすぐ側を指し示していない事に対して。

この魔道具は指定された対象の居場所を追うというもの。ただし、指定する場合、魔道具の使用者が対象に一度触れる必要がある。

「……いや、そっ、か」

託された魔道具の使用方法について、脳内で反芻する。すると見えてくる事実。

そもそも、ベラルタさんの忠告に否定的な王子様に触れる機会があるだろうか。

それも、護衛の騎士がそれなりにいる中で。

答えは、否。

恐らくは、王子様を守っていた騎士のうちの一人が対象となっているのだろう。

ならば、目の前に映る光景と魔道具が指し示す〝居場所〟の差異についても説明がつく。

だが、この魔道具は生命体にのみ反応を示すもの。生命体でなくなった瞬間――――つまり、死体と化した瞬間に反応は失われる。

要するに、目の前の王子達は逃がされた人間なのだろう。ならば、捨て石となった人達が反応を示している場所に向かわなくてはいけない。

「なんにせよ、急がなきゃ……」

どういう状況なのか。

どういう魔物に襲われていたのか。

迅速に助ける為にも、彼らから情報を聞き出す必要があった。


「……助けに来るのが遅過ぎるんだよ」

駆け寄った矢先、王子――――ルハアの口から呟かれた言葉は、苛立ちめいたものであった。

元々、彼の身勝手さが招いた災難だというのに、その物言いはないだろうと思いはしたが、こんなとこで時間を掛けてはいられないという事は、場に居合わせた全員の総意だったのだろう。

誰一人として、その発言に突っかかる様子はなかった。

しかし、逆にそれがいけなかったのだろう。

私達が彼らに問い掛けるより先に、数歩ほどの距離の間合いを詰め、ルハアはあろう事か、睨み付けながらルイスさんの胸ぐらを思い切り摑み上げた。

「そもそも、全てはお前のせいだぞ、ルイス・ミラー……ッ！！」

燃料でも追加されたかのように膨らんだ激情が、ルイスさんに向けられる。

身に纏う衣類には何かで切り裂かれたような痕が幾つか点在しており、赤い線となって傷さえも浮かんでいる。

恐らく、魔物にでも付けられた傷なのだろう。

だから、溜まりに溜まった鬱憤のようなものを何かにぶつけたいと思う気持ちは分からないでもない。

けれど、ルハア達は勝手に突っ走った側。

此方は助けに来てくれと要請を受けたわけでもないのに助けに向かった側。

感謝こそすれど、此方には間違っても怒りの矛先を向けるべきでない筈にもかかわらず、ルハアは目を怒らせ、言葉を大声で吐き捨てる。

「お前がそこの平民が必要である、などという戯言を吐かなければ、こうはならなかった!!」

だから、元を辿ればルイスさんが全て悪いのだと。そんな手前勝手な暴論が展開される。

必要であるという事を説かなければ、そもそもカルア平原に足を踏み入れる事はなかったと。

「……いいか、平民の手を借りる必要なぞどこにもありはしない。どこにも、だ!!」

その声は、どこか震えていた。

それが怒りによるものなのか。

怯えから来るものなのか。

判然としない。

でも、その言葉のお陰でルハアにとって平民と呼ぶ者達との間に決定的な差異があって、埋められない溝のような何かが存在している事は最早目を背けようのない事実としてただそこに在った。

だから、なのだろう。

「……そのようなプライドで、民は守れません」

この状況にありながら、反骨心を隠そうともせずにルイスさんは言い返す。

「〝ノブレス・オブリージュ〟。……民を守る事は本来、貴族の役目でしょう。領地の保全をする事も、全てが貴族の役目。ですが、だからこそ我々は間違った判断をしてはならない」

「間違った判断、だ？　お前は、お前は、僕が間違った判断をしてるとでも言いたいのか……？」

こめかみに浮かぶ血管は膨れ上がり、激情の色は最早、誰の目から見ても明らかな程に色濃く滲んでいる。

「平民だから。ただそれだけの理由一つで、不当に追い出し、忌避し、侮蔑する。それを間違っていないと言わずして何というのですか……!!」

「ルイス・ミラー、貴様……ッ」

「貴方がヒイナさんを認めさえしていれば、こうはならなかった。ちゃんと、その目で見ていれば、こうはならなかった。貴方のその視界には、貴族と有象無象に一括りされたナニカ、その二つしか映っていない！！！」

今にも殴りかかりそうな気配にもかかわらず、それでも尚、ルイスさんは胸ぐらを摑まれたまま、叫び散らす事をやめない。

「それで、これからの国を守れますか？　王として、正しく国を導けますか？　貴族の言には明らかに不当と分かっていようと首肯し、平民の言には平民だからと頭ごなしに否定を続ける。それが真に正しいと？　それで、王になると？」

「……だま、れ」

「少なくとも――――貴方の行動は間違っていた」

「僕は黙れと言ったッ！！！」

強引に、無理矢理にルハアはルイスさんの言葉を遮る。

やがて。

「……レヴェスタも、お前も……お前らに一体僕の何が分かる？　良いよな、お前らは。お前らは、ちゃんとした貴族で良いよな」

含みのある物言いであった。

それはまるで、己はちゃんとした貴族でないと言っているようでもあって。

何より、その物言いは、ルイスさんの言葉にある程度の理解を示しているようにも捉えられた。

正しいと心のどこかで理解をしている。

けれど、己だからこそ、理解を示すわけにはいかないと拒絶しているかのような。

「そんなお前らには、僕の気持ちなんざ分からんさ。分かるものか。そもそも、理解されて堪るか」

だから――――口を出すなと。

一方的に否定をして、自分の言を正当化して、怒って叫び散らす。

その様子を前に、どうせ私が口を出したところで面倒事に発展する未来しか見えなかったから、黙っていようと思ってた。

彼らの事情も、全く知らない。

何か言ったところで、ルイスさんのようにお前に何が分かると言われておしまいだ。

だけど。

「分かったら、その口を閉じてさっさと守るなりして僕をここから出せ」

「――――自己中心的に動くのも、いい加減にしたらどうですか。それに、貴方の場合は他にもっと言うべき事があるでしょうに」

「……あ？」

〝居場所〟については他の騎士達の誰かに聞けば良い。出来る限り、私は王子様に話しかけるべきではない。

そう思っていた筈なのに、気付いた時には口を衝いて言葉を言い放っていた。

たぶん、口を閉じていられなかった理由は、ルイスさんが私に対してわざわざ足を運び、頭を下げて頼み込んできたから。

何より、他国の貴族に公爵位の人間が恥も外聞も捨てて頼み込むなど、明らかに尋常でない。

それを、見捨てられないからと敢行した人間に対して、その物言いはあんまりじゃないかと、言わずにはいられなかった。

「ルイスさんに、お礼一つ言わないつもりですか」

「ヒイナ、さん……」

ルイスさんも、先生も、騎士の方も。

特に私の正体を知る人達は皆、一様に驚いていた。エヴァンだけは、特別反応を見せていなかったけれど、それでも、私が発言を撤回する理由にはならない。

制止を試みるルイスさんの言葉が聞こえてはきたけれど、それをあえて私は黙殺した。

「これは、貴方の失態である筈です。なのに、目を逸らして自分を正当化ですか。自分の立場が他者と違えば、理不尽に怒り散らすのが正しいんですか。全てを認めて改心しろ、とまでは言いませんし、それが容易でない事は百も承知です。でも、だけど、一言『ありがとう』くらい、言ってもいいんじゃないですか」

それが、己の為に頭を下げ回ってくれた人に対する最低限の礼儀ではないのか。

「平民風情が囀《さえず》るな。……ああ、そうか。これは憂さ晴らしか。成る程成る程。ならば、お前の目には僕は愚かしい貴族に映ってるのだろうな。さぞ、気分がいい事だろうな？　お前を追放した元凶がこうして苦しんでる様は、さぞ見ていて心が晴れる事だろう――――そら、これで満足だろう？　分かったら口を閉じろ。不愉快だ」

「…………」

勝手に自己解釈をされ、分かった気になられて、完結する。

そこに私という存在が割り込む余地はこれっぽっちもなく、どれだけの正論を並べ立てようと、聞く耳を持たれるかどうかの判断はつかない。

「……私は貴方を恨んでなど、いませんよ」

信じては貰えないだろう事は納得ずく。

でも、あえて言葉に変える。

貴族と呼ばれる方達の大半の人間が、私の中では苦手であり、嫌いとも言える。

けれど、あくまでそれは出来れば関わりたくないという意味合いの嫌いなだけであって、恨んでまではいなかった。

「恨んでなんか、ないです。私は元々、あの場にいるべき人間でなかったから」

だから、いつか何かしらの理由で追い出される可能性は頭のどこかにあった。

元より、王宮魔道師を志願し、それに応えてねじ込んでくれたルイスさんがお人好し過ぎただけなのだ。

だから、恨んでなどいない。

でもそれ故に、言わずにはいられない。

お前は。

貴方は、ルイスさんの厚意を当たり前のように踏み躙《にじ》るのかと。

その一点だけがどうしても許せなかった。

それがあったから、知らないふりが出来なかった。

「それは、私が一番理解してる。それでも、あの場所に居続けたのは『約束』を守りたかったから」

探している人がいる。

だから、探しやすいように。

そして、見つけて貰いやすくなるように、王宮魔道師になりたい。

そんなふざけた理由で納得をして、恩人だからと無理を通してくれるお人好しが一体世界に何人いる事だろうか。

少なくとも私は、ルイスさんくらいしか知らない。

「貴族とはほど遠い立場の私だけど、それでも一応、王宮魔道師だったから。だったから、分かる事もあります。自国の公爵閣下が、他国の王子に頭を下げてまで頼み込む事がどれだけ異常か。貴方の為に、ルイスさんは私達の下にまで来て、頭を下げて……なのに、お前には分からない？　お前のせいだ？　ふざけるな」

恩を仇で返すどころの話ではない。

「公爵という立場でありながら、こんな私にまで頭を下げて頼み込んできたルイスさんに、唾を吐く行為が真に正しいと!?」

責めるなとは言わない。

怒るなとも言わない。

でも、たった一言、感謝か、謝罪の言葉すら言えないなら貴方はもう――

「……本当にそう思ってるなら、貴方は平民にも劣る禽獣《きんじゅう》だ。そんな王子に、国が統治出来るとは私は思わない。最低限の礼儀すら分からない人間は、上に立つべきじゃない。少なくとも私には、貴方が上に立つべき存在であるとは到底思えない」

「……己の立場がわからないのか、貴様」

どれだけ傲慢だろうと。

偏見から何かを嫌っていようと、それがその人の生き方であるならば、ある程度は仕方がないと言える範疇だと私は思ってる。

誰もが聖人君子なわけではない。

人は『生きる』ものだ。

ならば、何らかの差異は必然付き纏うものであるし、何より、あって然るべきものだ。

人は、同じ動きをするだけのロボットではないのだから。

「分かってます!!　……分かっていますが、貴方にはこの場でなければ私の声は届かない。だから、失礼を承知で申させていただいてます」

この、権力がクソの役にも立たないカルア平原でだからこそ、辛うじてルハアの耳に私の言葉が届く。

カルア平原を出てしまえば、彼の耳に私の言葉は一切届かなくなるだろう。

やがて、乱暴に摑んでいたルイスさんの胸ぐらが離され、ルハアの視線が私に集中する。

「それを続けては……人は、離れていきますよ。貴方の身を本気で案じてくれるような人すらも」

もしこれが大人相手であれば、多分私はここまでは言わなかった。

私よりも幼い子供だからこそ、憎たらしくはあるけれど、言いたかった。

いえば、理解してくれるような、そんな気が心のどこかでしていたから。

……だけど、私のその言葉に対する返事はすぐにやっては来なかった。

口を真一文字に引き結び、何かに耐えるような仕草を見せるものの、ただそれだけ。

「……行くぞ、ヒイナ。時間がない」

だからか。

これ以上は何を言っても不毛であり、無駄。

そう言わんばかりに、エヴァンが私の手をひく。

彼の言う通り、こんな場所で時間を消費している場合ではなかった。

心なし、ルイスさんの持つ魔道具の反応は薄くなりつつある。

だからこそ尚更、こうして悠長に話している場合ではなかった。

そして私は、エヴァンの言葉に従ってルハアに背を向けようとして。

「……ハ」

私達の足を止めるように、嘲笑う声が一つ。

「元々、僕の側には誰もいないさ。誰も。誰一人として、僕の側にはそもそもいない」

震えた笑い声のように紡がれるその言葉は、自嘲のようでもあって。

そこで、漸く少しだけ分かった気がした。

どうして、ルハアという少年に、ルイスさんがこうも世話を焼こうとしているのか。

その理由の一端が。

「王子という地位があるからこそ、ああして群がられてはいるが、それだけだ。本気で案じてくれる人間が離れていく？　……違うな。そうじゃない。そんな人間は、元々僕の側には誰一人としていないさ」

そこのルイスだってそうだ。

他の貴族も。誰も彼もがそうだ。

見えているのは、王子としてのルハアだけ。

なのにどうして、お前の言うそういう態度を貫いてはいけないのだろうか。

彼らが求めている姿こそがこれなのだ。

そして、そんな彼らを自己欲求を満たす為に利用しているのがルハア自身。だというのに、貫かないでいるべき理由がどこにあるのだ。

馬鹿らしい。

……表情こそ、普段のルハアらしく私を見下してはいたけれど、どうしてか。

今は、その表情がひどく哀れなものに見えて仕方がなかった。

「……もっとも、今更自分を見ろなどと言うつもりは毛頭ないがな。だが、お前にそう言われる事だけは耐えられん……ッ」

自分こそが正しいと信じて疑っていないお前のような人間が、何より腹が立つのだと告げられる。

「何も知らないから、お前達は好きに言えるんだ。レヴェスタも、ルイス《お》も《前》、ヒイナ《お》も《前》。好き勝手に、自分の理想を僕にまで押し付けやがって……ッ!!」

激昂される。

でも、そこに「怖い」という感情は一切入り込まない。

だから。

「それは、本当に本当なんですか」

私はそんな一言を言えたのだと思う。

「そんな悲しい事を言う必要が、本当にあるんですか」

これまでがどうだったか。

王族、貴族にとっての常識。

そんな話をする気は微塵もない。

ただ、本当に、ルハア・ドルク・リグルッドを王子という無味乾燥とした駒としか見ていない人間だけなのかと問い掛けずにはいられなかった。

これでも、私は魔道師だ。

魔物の討伐に努めていた魔道師。

それ故に分かることも、幾つかある。

たとえばそれは、魔物との戦い方であったり、誰かの守り方であったり。

そんな私の目から見て、このカルア平原でそこまで強くもない人間を軽傷程度で逃がし切る事が、はたしてただの駒としか見ていない者に出来るのだろうかと自問。

……恐らく、ほぼ不可能に近いと自答する。

それこそ、何がなんでも逃がしてやる。

そんな確固たる意志でもなければ間違いなく無理であった筈だ。

「貴方の事情は知らないし、そもそも私は知る気もありません。貴方だって、知られたくないでしょうし」

私とルハアの関係性は、言ってしまえばそんなもの。

淡白というより、険悪だ。

「でも、恩人の名誉の為に、もう一度だけ言わせてください。恥や外聞を投げ捨ててでも、貴方を助けたいと願っていた人は少なくとも一人はいた。いる事を、私は知ってる」

出来る事ならば、「ありがとう」の言葉一つでも言って欲しくあったけれど、無理ならば仕方がない。

ならばせめて、己が受けた恩のうちの少しくらい、ここで返せたら良いなと思いながら、

「私をどう思おうが、それは貴方の勝手ですが、それでも、この言葉だけは覚えておいて下さい」

私はそう言葉を紡いだ。

そして、私は今度こそその場から離れようとして。

「ルイス・ミラー公爵殿」

不意に、エヴァンが声を上げた。

「言い忘れていたんだが、ここから先は別行動にしよう。残りを助けに向かうのは、おれとヒイナ、それとノーヴァスの三人で十分だ。後は全員、ソイツの護衛に回してくれればいい」

そこまで言われて、漸く思い出す。

怪我人がいるならば、今すぐ助けに向かうべきだ。そう考えていた私であるけれど、元々の目的

はリグルッドの王子であるルハアの救出。

であるならば、本来の目的は既に達成されている上、彼の護衛をして連れて帰る事の方が優先度は極めて高い。

ただ、そうした場合、間違いなく魔道具が示す残りの騎士達の命は助からない。

ならば、残された選択肢は必然、別行動しかなくなってしまう。

「……しかし」

「貴方の考えてる事は、よく分かる。本来ならば関係のなかった人間の方が危険な橋を渡り、巻き込んだ人間が安全な橋を渡る。それは、出来ない、だろう？」

エヴァンのその一言に、ルイスさんは渋面を見せる。胸の内で考えていた通りの言葉を言い当てられたのだと明らかに分かる反応であった。

私や、エヴァン、それに、先生。

ロストアの人間が、この先へ助けに向かうと言うならば、リグルッド側も相応の人間が同行すべき。リスクは互いに背負うもの。頼んだ側がリグルッドならば、それは尚更に。

その考えは、至極真っ当なものであった。

「きっと、おれが貴方の立場であっても同じ事を言っただろうし、そう在るべきだと思う。けれど、危険な魔物を相手にするなら、出来れば色々と気心の知れたヤツとだけの方が楽なんだ」

だから、貴方はルハアについていてくれればいいとエヴァンは言う。

そうしてくれた方が助かるのだと、あえて逃げ道を作る。その気遣いに気付かないルイスさんではなくて。

「……とてもじゃありませんが、この恩は返しきれませんね」

「そう気負う必要はないさ。おれがこうして動く理由は決して貴方の為でも、そこの王子の為でもない。そこのヒイナと全く同じ理由だ。おれも、恩人の力になりたい。ただそれだけだからさ」

恩人の恩人が偶々、ルイス・ミラーであった。

ただそれだけ。

いうなれば、偶然の産物に他ならないとあっけらかんとした様子でエヴァンは言う。

けれど、ルイスさんの立場が、その言に殊勝に頷く事を妨げていた。

「思うところがある事は分かる。容易に頷けない事も分かる。だから、条件を付けよう」

そして、エヴァンは奪い取るようにルイスさんが手にしていたベラルタさんから渡されていた魔道具をひょい、と手に取る。

「もう二度と手放す気はないが、それでも、いつかヒイナが困る時、真っ先に手を差し伸べてやってくれ。それが今回貴方方を助けたおれへの駄賃だ。それで構わないだろう？　ルイス・ミラー公爵殿」

その発言に対する返事は、イエス以外受け付けていない。

そう言うように、「急ぐぞ」というエヴァンの言葉に従って今度こそ、私達は魔道具が指し示す場所へと向かって移動を始めた。

そして、ヒイナとエヴァン、ノーヴァスがいなくなったタイミングを見計らってポツリとルハアが呟いた。

「……あいつは、阿呆だな」

＊　　＊

そこには、変わらぬ「侮蔑」の感情と、加えて、「困惑」が。

「底抜けの馬鹿だ。見捨ててしまえばいいものを」

ああして叫び散らしてしまっていたが、冷静になると自覚出来てくる二つの事実。

己が平民なんぞの手を借りてしまった事実と、不要であるからと叩き出した筈の平民が己を助けに来たという奇想天外な事実だ。

故に、ルハアは底抜けの馬鹿と言う。

「お前もお前だ。僕が死ねば、王位継承権はお前に渡ったというのに。そうなれば、お前の好きな平民が貴族と共に在れる国家とやらを存分に作れた事だろうに」

嘲りながら、口にする。

平民は必要ない。

己は、平民とは違うのだ。

そんな考えは未だ健在。

だからこその、この言い草であったのだが、言葉を向けられたルイスが気にした様子は一切なく。

「ええ。そうですね。そういう未来も悪くはなかった。国を立て直すならば早い話、王になれば良いだけですからね」

その資格がルイスにはある。

だからこそ、ルハアが馬鹿をしたこの瞬間こそが絶好の機会であった筈なのだ。

しかし、ルイスは何もせずに待てば得られたその機会を、当然のようにドブに捨てた。

手を差し伸べ、進んで助ける事を選んだ。

「ただそれでも、見捨てる理由にはなりません。何より、貴方にはして貰わなければならないケジメがある。それをさせずに死なせてやる程、私もお人好しではない」

ケジメとは、今回の件についてだろう。

王に報告か？　あぁ、そうか。

この失態をネタに、王位継承権を取り上げる腹積りだったのか。

そんな考えが頭の中に去来する中、

「ヒイナさんに謝らないまま、貴方を死なせてやる訳にはいきませんからね」

一瞬、ルハアの脳内が真っ白になった。

呆れて物も言えないとはこの事か。

そんな事を思いながら、

「……その為に、そんな下らない事の為に僕を助けたのか」

「下らなくなどないでしょう。悪い事をしたならば、謝る。常識ですよ、ルハア」

「…………」

怒るだとか、嘲笑うだとか。

普段のルハアなら迷わず選び取るであろう数々の行動、その存在全てに背を向けてしまう程に、ルハアは毒気を抜かれてしまっていた。

そんな下らない理由で、他国の王子にまで頼み込み、己の命まで危険に晒したのかと。

「……訂正しよう。底抜けの馬鹿が二人だ」

「ひどい言い草ですね。仮にも私達は、貴方の恩人だと言うのに」

そして、沈黙が場に降りる。

やがて、会話が途切れた事で今一度、ルハアの脳裏を過る先程のヒイナの発言。

それを咀嚼するように吟味して。

「……馬鹿らしい」

嫌悪を隠そうともせずに罵《ののし》った。

何よりルハアは、ルイスの在り方に腹が立っていた。

付き合いがそれなりにあったからこそ、視界に映るルイスが紛れもない本心からそんな馬鹿馬鹿しい事を言っているのだとルハアは理解していた。

だからこそ、先程のように怒り散らそうとも、怒り損だと自己完結させながら、ルハアは己の身体に視線を落とした。

それなりに傷のついた肢体。

少し前まで、死がすぐそこにまで迫っていた事もあってか。

絶え間なく震えていた筈の身体の震えが止まっている事に今更ながらに気づく。

そして、そうなった理由が「安堵」といった感情からくるものであると理解をして。

毒気を抜かれていた事もあってか。

心境の変化でもあったのか、更に数秒ほどの沈黙を経た後、

「…………叔父上」

ヒイナの言葉に背を向けながら。

しかし、耳にこびりついて離れないあの一言を否応なしに思い返しながら、呟いた。

その呟きは葉擦れの音程度の小さなもの。

聞こえていても、いなくても構わない。

そう言わんばかりのものであって。

「今回、だけだ。今回、だけ」

言い訳をするように。

「……助けに来てくれた事、感謝する」

感謝の言葉が声となって大気を揺らした。

多くは語らない。

というより、語れなかったのだろう。

その理由は、罪悪感か、プライドか、はたまた、もう一歩踏み出す勇気が足りなかったのか。

風鳴りに紛れて呆気なく攫われる程、小さな呟き。しかしながら、ルハアの視界からはルイスがまるで先の呟きを聞いていたかのように笑みを浮かべて反応しているように見えて。

浮かんでくる感情から目を逸らすべく、気を紛らわすように一瞬だけ、ルハアはひたすらに青い空を見上げた。

＊　＊

「────レヴェスタ・アルクラード。噂にこそ聞いていたが、これ程の騎士だったか」

全身血塗れ。

地に足をついて立っている事が不思議でならない程の重体を晒しながら、魔物────人面の化け物と対峙して剣を構える騎士を前に、エヴァンがそう口にする。

そこには、惜しみなく賛辞する感嘆の色が滲んでいた。

「こりゃあ、びっくりだ。あのベラルタ・ヴィクトリアが人を入れたのか。上層部の貴族を恨んでる彼女らしくもない。明日は嵐にでも見舞われるのかね」

背を向けたまま、エヴァンにレヴェスタと呼ばれた騎士は戯けたように口にする。

目の前の人面の化け物から一瞬とて視線を逸らさないその姿勢は、身体中に刻み込まれた痛みからくる経験則か。

よりにもよって、ベラルタさんから一番出会っちゃいけないと言われていた魔物――〝暴食《グラトニア》〟との予期せぬ邂逅《かいこう》に下唇を一度噛んでから、私は声を出す。

「下がってください」

その重傷では立っているのがやっとだろう。

そう思っての気遣いだったのに。

「……殿下は、無事ですかね？」

全く関係のない返事をされる。

構えは解かず、そのままで。

「……ええ」

「なら良かった」

背を向けられてるから、私達に彼の顔は見えていない。

でも、その声音から、安堵の表情を浮かべているんだろうなって事はすぐに分かった。

「そんじゃ、これ以上時間稼ぎはいらないみたいだし、最後にもうひと頑張りしますかねえ」

そして、さも当たり前のように、己を鼓舞させるような言葉を一つ。

「見たとこ、魔道師が三人って、とこか。なら、一人くらい前衛がいるだろう？　あの化け物相手なら、どうしても」

一度として振り返ってもいないのに、私達が魔道師であると言い当てられる。

そして言外に、心配は無用だとも。

「……分かり、ました」

怪我人に無茶をさせるべきではない。

そう思うけれど、彼は目の前の〝暴食《グラトニア》〟相手に、不利な近接系の武器一つで時間稼ぎをしていた人間だ。

そんな人間が、問題ないと言わんばかりに事を進めようとしている。

何より、時間を掛けていられる場合ではない。

横目でエヴァンに視線を向けると、エヴァンも私と同じ意見だったのか。

反論や、制止する気配は微塵も感じられない。

「そうこなくっちゃな」

声が弾む。

そして転瞬、ぐ、とバネのようにレヴェスタの右脚が曲がる。肉薄の為の予備動作。

しかしそれを予見してか。

眼前で存在感をこれでもかとばかりに主張していた〝暴食《グラトニア》〟の巨体が獣の如き敏捷さで跳ね
――次いで、鋭利な爪による脚撃がレヴェスタさんのいた場所へと的確に繰り出される。

一瞬にして陥没する地面。

飛び散る土塊。石の欠片。

ただの脚撃ですら、まともに食らえば恐らく一撃であの世行き。

そんな予感を抱きながら、ベラルタさんの助言に従い、目の前の人面の化け物をどうにかして相手にしないで済む選択肢はないかと模索。

しかし、巨体に見合わぬ敏捷性をまざまざとこうして見せつけられている手前、それは少しどころではなく難しいと判断。

前衛役と言っていた通り、真っ先に前へと突っ込んでいったレヴェスタさんの姿を目視しながら、私は名を呼ぶ。

「……エヴァン。時間がないからよく聞いて」

ベラルタさんからは、〝暴食《グラトニア》〟には気をつけろとしかあの時助言は貰っていない。

私だって、出来ることならば戦わずに済む選択肢を選びたかった。でも、それはどうも出来そうにない。だから、カルア平原で勤しんでいた頃に聞いていた内容を思い出しながら、慌ててエヴァン達と情報の共有を始める。

「〝暴食《グラトニア》〟は、ああして今は大きな図体を使ってがむしゃらに暴れてるけど、実は魔法も使える魔物なんだ。ただ、その魔法ってのは、ある場所を破壊しさえすれば使えなくなるらしいの」

なんでも食べる悪食。

故に〝暴食《グラトニア》〟。

全てを食するせいで、食べた魔物の能力すらも取り込んでしまえる正真正銘の化け物。

ただ、そんな化け物でさえも一点だけ、弱点というものが存在していた。

「しかも、その場所は人で言う心臓の役割も果たしてる」

そう言いながら、私は己の額に手を当てた。

人面の化け物の額には、宝石のような赤い縦長の鉱石が埋まっている。

それを壊せばいいのだと私が伝えるけれど、すかさず言葉が割り込んでくる。

「……あの敏捷さの中で、ピンポイントにあそこを狙うとなると」

「だから、ここにいる全員の協力が不可欠です」

〝暴食《グラトニア》〟の全長は、私達が見上げても頭のてっぺんまで見えない程に大きい。

加えてあの素早さだ。

現実的に、額にある赤いアレを壊すならばそれなりに距離を詰めなければ難しいだろう。

何より、〝暴食《グラトニア》〟は賢い魔物だ。

出来る限り、狙いがそこにあると悟られたくはない。だから、一撃で確実に仕留める必要があった。

「レヴェスタさんと同様、私とエヴァンも時間稼ぎに徹します。なので、先生には〝テレポート〟の準備を整えて貰いたいんです」

「……成る程、あのでかい図体におれらを〝テレポート〟させるのか」

〝テレポート〟を使う為には陣を繋ぐ必要がある。AからBといった具合に。

それを気付かれないように〝暴食《グラトニア》〟に繋いでくれと私が言うと、一瞬、困ったような表情を先生は見せたものの、分かりましたと頷いてくれる。

「確かに、現実味がある手段としてはこれしかありませんか」

真正面から叩きのめせるならば、こんな事をする必要はないんだろうけれど、倒せるという確証がないならば、効率の良い方を試すのが常道。

それに、本人は心配する必要はないと言わんばかりに振る舞ってはいたけれど、レヴェスタさんの状態を思い返す限り、長期戦は出来るだけ避けたい。

故に。

「それじゃ、早いところ終わらせてみんなで帰りますかっ！」

そろそろ、落ち着いた場所で休みたいし。

そんな願望を見え隠れさせながら、私はふぅ、と息を吐きながら手のひらを開き、唱える。

出来る限り、レヴェスタさんの負担を減らせるように。それでもって、此方の目的を悟られないように、出来るだけ大きく、目を引くように、派手な魔道の展開を――

「「――〝第六位階水魔道《メイルストローム》〟――――!!!」」

まるで打ち合わせでもしていたかのように、言葉が合わさる。

宙に浮かぶ天色の特大魔法陣は、一番信の置ける魔道の発動兆候。

「気が合うねえ!!」

「派手といやあ、これしかないだろ!?」

相手の気を第一に逸らす必要がある。

それを悟り、言葉を省略して同じ魔道が二つ展開された現実を前に、側から堪えるような笑い声が聞こえてくる。

それは、先生のものだった。

でも、そこに反応する間も惜しんで、二つ、三つと魔法陣を次、次、次と展開させてゆく。

さながらそれは、以前、お風呂を借りる羽目にまでなった力比べの続き。

初めて会ったあの日からもう十年以上も経ってるはずなのに、私とエヴァンの時計はあの時からちっとも変わっていなかったかのような錯覚にすらついい、陥ってしまって。

こんな状況下にもかかわらず、口角が若干つり上がり、笑みが漏れる。

「張り切り過ぎるのもいいが、倒れるなよ」

「そっちこそ」

　恐ろしい魔物だ。

〝暴食《グラトニア》〟は、ベラルタさんから聞いていた通り、得体の知れない化け物である。

　でも何故か、恐ろしくは思えど、絶望感には一向に見舞われなくて。

　少し前に竜を見たから感覚が狂ってるのかもしれない。そんな感想を抱きながら、また一つ、キィン、と金属音を響かせて宙に魔法陣を描く。

　そして描いた陣から出でるは、渦潮を想起させる勢いのある凄絶な水撃。

　乱雑に展開しているように見えてその実、間隙を縫うようにお互いがお互いをカバーしていた。

　アイコンタクトも、言葉も要らず、ただあいつならここに展開するだろうから。

　そんな予感と、己の勘に従った結果、こうして最善の結果が転がり込んできていた。

　だからこそ、破顔せずにはいられない。

　こんな状況下であっても、この堪らなく息の合う感触が、どうしようもなく昔を思い出させてくれる。

「そりゃ、決着つかねえわな」

　――――なにせ、お互いがお互いの思考を知り過ぎてるんだ。力比べをしようにも容易に決着がつかない事は最早明らかであった。

　雪山の時から、その兆候はあった。

でも、こうして二人して一緒に時間を稼ぐともなるとその兆候は顕著に浮き彫りとなる。

結果、堪らず笑みがもれた。

「うん。確かに」

短い付き合いであった。

でも、その短い中でもよく分かるほどに、気が合って。仲良くなって。いつかの約束をして。

ほんと、似てるところが多いんだよなあ。

そんな事を思っているうちに、既に周囲には水気が感じられない場所はどこにも無いと言える程、満ち満ちていて。

時間稼ぎを始めてから、数分ほど経過したあたりで、側から声がかかる。

「────いきますよ」

それは、先生の声。

〝テレポート〟の準備が整った、という事なのだろう。

そして、私とエヴァンの目の前に、王城でも目にした転移陣が浮かび上がる。

これに乗れ。という事なのだろう。

そう判断をして、私とエヴァンは同時に一歩、前へと足を踏み出し────一瞬、目の前の景色が歪んだと思った直後、景色が丸切り別物へと入れ替わる。加えて、足場が不安定な事によるものなのか、真っ先に妙な浮遊感を感じる。

そして、一瞬遅れてそこが〝暴食《グラトニア》〟の背中の上なのだと気付いて、慌てて頭部へと向かって私達は駆け出す。

不自然な感触に〝暴食《グラトニア》〟が既に何かを感じ取っているかもしれないけれど、もう〝テレポート〟をした後。

あとは可能な限り距離を詰めて、確実に魔道を額に当ててしまえば、私達の勝ち。

「――――ッ、ああああぁぁぁあああア！！！」

「わっ、とッ!?」

けれど、そんな私達の考えを悟ったのか。

〝暴食《グラトニア》〟が急に奇声を上げたと思ったら、まるで振り落とすように身体を前後左右に激しく動かし始める。

だけど。

「……ほんっとに頭がいいみたいだけど、今更気付いても、もう遅いっ!!」

気付くのがあと数秒早かったならば、ちょっとまずかったかもしれないけど、現実は私達に軍配が上がった。

そして、身体強化系の「魔道」を全身に掛けながら、振り落とそうとする力に抗い、駆けて行く。

やがて。

「この距離なら、流石にどんだけ素早い的だろうと当たるん、だよな――――ッ」

同時のタイミングで、手のひらを広げ、意識を指先と、展開先――――〝暴食《グラトニア》〟の額へと向け、一撃の威力を極限まで高めた色濃い天色の魔法陣をピンポイントに描く。

次いで、エヴァンが描いた魔法陣に重なるように。外しても、私が責任を持って代わりに当てるから。

そんな意思を込めて、エヴァンよりも少しだけ大きめの魔法陣を私も負けじと描き、そして唇を動かして親しみ深い一言を――――紡いだ。

「「――――〝第六位階水魔道《メイルストローム》〟――――」」

＊　　＊

「私もちょっとは、成長したでしょ？」

凄いでしょ、と言うように私はふにゃりと笑う。

眼前には、先の一撃により額の赤い鉱石のようなものが破壊され、急に平衡感覚を崩して頽《くずお》れてゆく〝暴食《グラトニア》〟の姿。

昔はエヴァンと私の間に明確な実力の差があったけれど、今じゃほら。

殆どエヴァンと遜色ない動きが私も出来てる。

どうだ、どうだと得意げな表情を浮かべたところで、まるで待ってましたと言わんばかりにどっ、と疲労感が押し寄せる。

対してエヴァンはといえば、涼しい顔で、やって来る衝撃に備えようとしていた。

……一見、実力伯仲のようにも思えたけど、まだまだ私達の差は埋まりきってないらしい。

だから少しだけ、先の言葉を撤回したい衝動に襲われて。

「言われずとも、知ってる」

なのに、さも当たり前のように。

「ヒイナが凄いって事は、昔からおれが一番よく知ってる」

全幅の信頼を色濃く表情に滲ませながら、そう言うものだから、撤回をしようと考えていた思考が一瞬のうちにして霧散する。

そして何となく、今は卑屈になるべきじゃないような気がして、自然と浮かんだ笑みを隠す事なく今だけは胸を張っておく事にした。

「……ただ、後先考えずに魔力を使い切る癖はまだ残ってるらしいな」

一転。

意地の悪い笑みを浮かべながら、ただでさえ不安定な足場の中。疲労感のせいでふらふらと危なつかしい動きをしていた私の手首をエヴァンが摑み、支えてくれる。

「エヴァンと先生がいるんだし、そのくらいは見逃してよ」

この現状に巻き込んでしまった私が言うべきセリフではないけれど、エヴァンと先生がいるのであれば、後先考えずに魔力を使い切っても問題ない。

そう思えるだけの信頼があったが故の行為なのだと。つまりこれは信頼の裏返し。

そんな卑怯じみた言い訳をすると、今回はまあ良いかと意外と呆気なく許された。

それから程なく、ずしんと大きな音を立てて地面に倒れ伏す〝暴食《グラトニア》〟からエヴァンに支えられながらも軽く飛び降りる。

「死んだ、わけではないようですね」

「はい。カルア平原の魔物はそこらへんの魔物よりずっと生命力が強いですから」

心臓と例えた額の鉱石を割られて尚、怒りに満ち満ちた呻き声をあげる〝暴食《グラトニア》〟は今か今かと反撃の機会を窺い、炯々《けいけい》とした瞳を此方に向けていたが、私は既に〝暴食《グラトニア》〟からは視線を外していた。

「なので、さっさと逃げちゃいましょうか」

「……トドメは刺さないのかい？」

カルア平原に勤めていた際に培った常識を手に、当たり前のように逃げると口にする私に、ゆっくりと歩み寄ってくるレヴェスタさんが疑問の声をあげる。

「はい。何せここは、〝ど〟が付くほどの弱肉強食の場所ですから」

「……それはどういう？」

「散々血の臭いを漂わせて、音を立てて暴れてたのに、他の魔物が一体も寄ってこなかった理由って何だと思います？」

そう問い掛けると、レヴェスタさんの視線が倒れ伏す〝暴食《グラトニア》〟に向いた。

答えは簡単だ。

〝暴食《グラトニア》〟が弱肉強食のカルア平原の中でも最上位に位置する化け物であったから。

だから、他の魔物は巻き添えにならないように近づいて来なかったのだ。

「音が止めば、漁夫の利を得ようと血の臭いに誘われてそれなりの量の魔物がやって来る筈です」

私の経験則から、それは間違いなく。

「だから、あえてトドメを刺さず、その魔物達の相手を〝暴食《これ》〟に任せて私達はとっとと逃げちゃった方が効率的なんですよね」

この状況ならば、私達を追い掛けるという思考を抱く事なく、瀕死の〝暴食《グラトニア》〟を始末しようといった考えに至るだろう。

そして、〝暴食《グラトニア》〟は生きる為に瀕死ながらも抵抗をする。

だから、瀕死のままここをさっさと立ち去る事が最善であると伝えると納得してくれたのか。

ぶん、と剣に付着した血を払うように血振りの動作をひとつ。

腰に下げていた鞘に剣を収めながらレヴェスタさんは緊迫していた己の集中力をほぐすように息をふぅ、と吐き出していた。

「そういう事であれば、私から異論はありませんねえ」

視線を巡らせる。

エヴァンも、先生も、私の意見に賛同してくれるらしい。

「なら、王子様達が追われる心配もなくなったし、人も助けたし――――」

帰りますか。

そう言おうとして、〝テレポート〟を扱える先生の顔を見ようとして。

「――――ただ一つ、お伺いしても？」

そう前口上のようなものを述べ、私達にレヴェスタさんが言葉を投げ掛けてくる。

疑問符の浮かんだ懐疑があると言わんばかりの様子だった。

「なんですか？」

「私の記憶が正しければ、殿下に追い出された王宮魔道師は貴女であった筈だ」

曲がりなりにも、リグルッドの王宮魔道師として王宮にも何度か私は出入りしていた。

王子に近しい騎士の立場であれば、面識は何度かあった事だろう。

……当の私はといえば、見るたび嫌そうな顔をされるから出来る限り顔を合わせないように徹底していたせいで王子の近くの人間が誰であるかなんて全く知らないんだけれども。

ただ、あえてここでその話題を出すという事は、もうリグルッドの人間でもない私がどうしてここに居るのかと咎めるものなのかと少しだけ想像をして、眉根を寄せて警戒をしてしまう。

「殿下の事を……恨んではいないんですか」

けれど、やって来た言葉は予想とはかけ離れたものだった。

そこには、申し訳ないといった感情がふんだんに詰め込まれていて。

それもあって、ここで全く気にしていないと嘘を吐くのは少しだけ気が引けた。

「……好きでない事は確かですね」

出来る限りオブラートに包んだ上で、差し障りない言葉を選ぶ。

「考え方も……きっと、私とは合わない人だと思います」

ルイスさんと共にいた時の事を思い返しながら、口にする。

結局、私の想いはこれっぽっちも伝わらなかったし、我儘だらけのクソ餓鬼とも心の中では思ってすらいた。

「けど、だからといって恩人の頼みを無下にするほど私も人でなしじゃありません」

面子も、何もかもを投げ捨てて、ルイスさんが私の下にまでやって来て頼むと頭を下げてきた。

こうして助けようとする理由は、それだけあれば十分過ぎる。

たとえ、助ける対象が因縁のある相手であっても、それは変わらない。

「……そうだ。もし、この件で貴方が私に恩義を抱いてるなら一つ、頼み事を聞いてはいただけませんか」

ふと、思いつく。

話す口調からして、レヴェスタさんが私達に対してどこか気が引けているという事は明らか。

だからこそ、そう言ってみることにした。

「頼み事、ですか」

何なら、ここで〝暴食《グラトニア》〟から助けた事に対する恩返しのようなものでも構わない。そんな様子を醸し出しながら、

「ルイスさんの事です」

「ルイス、というと、ルイス・ミラー公爵閣下ですか」

「はい。そのルイスさんです」

あの時は本当に、王子様に向かって衝動任せに言いたい放題言っちゃっていた。

こうして時間を置いて冷静になってみると、それって私だけの問題ではなく、私を連れてきたルイスさんにまで飛び火するのでは……？

という懸念が今更ながらに湧き上がってしまっていた。

「私がその、ルハア殿下に言いたい放題言ってしまったので、そのフォローをお願い出来たらなと……。多分、ルイスさんにも迷惑がかかってそうなので……」

「おれが聞いていた限り、ヒイナは間違った事を言ってないと思うがな？」

視線を逸らしながら頼み事をする私を視界に入れながら、側にいたエヴァンが面白おかしそうにそう言った。

一応、私を肯定してくれてはいるけれど、心なしか、そうやって心配をするくらいなら黙ってりゃ良かったのに。

そんな言葉が幻聴される。

というか、心の中では絶対に言っている。

「……ん。ちなみに、何を言ったのかをお聞きしても？」

「……助けてくれた人に対して、お礼の一つも言わずに逆ギレをしてたので、その、お礼くらい言ったらどうなんだ、と」

実際はちゃんと丁寧な言葉遣いをしてはいたけれど、内容を簡潔に纏めると本当にこんな感じ。

すると何故か。

ぽかん、とレヴェスタさんが瞠目。

次いで、ぱちぱちと不自然に目を瞬かせたかと思えば肩を揺らし、くつくつと笑い始める。

「あぁ、すみません。別に、貴女を馬鹿にしてるから笑ってるわけではないんですよ」

愚かな事をしたな。

そんな意味合いで笑われているとはそもそも、露程も思っていなかった。

「でも、嗚呼そうか。道理で。成る程。あのベラルタ・ヴィクトリアが貴女を好いていたわけだ。あそこを通したわけだ」

「……？」

独白のような、言葉の羅列。

何故ここでベラルタさんが出て来るのだろうかと疑問に思いつつも、私は言葉を待つ。

「いや、カルア平原に来た際に彼女と顔を合わせたんですが、かなり怒られましてね。ヒイナが出て行きたいと志願したならまだしも、自分勝手にあの子を追い出した連中と言葉を交わす気はない、と」

そこまで長い付き合いではなかったものの、純粋に私の事を考えてくれていたベラルタさんのその言葉は素直に嬉しかった。

ただ、レヴェスタさんはベラルタさんに私が好かれていたと言うけれど、そこに至る理由が抜け落ちていてやはり疑問符。

「ですが、そうですねえ。そのくらいの頼みであれば喜んでお受けさせていただきますとも」

そして、次にエヴァンや、先生の下へとレヴェスタさんの視線が向かい、

「おれ達への恩返しなら、気にしなくていい。だが、それで気が収まらないのなら、いざという時、ヒイナの力になってやってくれ」

……またそれか。

なんて私が思っている側で、レヴェスタさんも困った表情を浮かべていた。

そりゃそうだと思う。

結果的に私が巻き込んでしまったとはいえ、エヴァンは他国の人間でありながら、王子殿下とその護衛の騎士を救っている。

なのに、報酬はいらないと言っているようなもの。

人によっては裏があると邪推しても仕方がないレベルである。

ただ、その事はエヴァン自身も自覚があったのだろう。

「……それにな」

小さな溜息を挟んでから、煩わしそうに言葉を続ける。

「今はヒイナをおれの臣下として迎え入れたんだが、リグルッドから追い出された途端に登用した手前、何か良からぬ事を考える輩もいるかもしれない」

たとえばそれは、引き抜いたとか。

……堂々と追放されたのだから、そう考える余地は殆どゼロだろうけれど、あえてほぼゼロに近い懸念を憂慮しているかのように並べ立てる。

「というわけだ。……だから、そういう事にしておいてくれ」

「……成る程。でしたら、先のお言葉に従わせていただきましょう」

裏がない事の証明。

それを終えて、あからさまに政治面倒臭えと言わんばかりの疲れた表情を浮かべるエヴァンと私、それと何も口出ししない先生を何を思ってか、レヴェスタさんは見比べる。

「……欲のない方々ですねえ」

この件を使って色々と恩に着せればいいだろうに。そんな声が聞こえたような気がしたけど、多分気のせいではない。

「おれにだって欲はあるさ。ただ、その欲が既に叶ってしまった。だから、望むもんがなくなった。それだけだ」

同時に、私もふと、自分の欲というか。

欲しいものとかってあったっけと黙考する。

けれど、俗物的なものどころか、全く何も笑えるほど浮かんで来なくて。

でも最後に一瞬だけ、昔の記憶が思い浮かんだ。先生に時折、怒られながらも、エヴァンと馬鹿みたいに笑い合ってたあの頃の記憶。

きっと、私の欲はそれなのだろう。

だったら、私の欲も既に叶っちゃってるなあ。

なんて、思ってしまって。

「ヒイナがいるならおれはそれでいい。それで既にこれ以上なく満足してる」

またしても思考がエヴァンと合致してしまっていたものの、もう驚きはしなかった。

「あぁ、そうだ。一つ言い忘れてた事があった」

さて。

そろそろ話も切り上げて戻りますか。

そう思った時、レヴィから言われていた事をすっかり忘れていたと不穏な言葉をエヴァンが紡ぐ。

レヴィさんと言えば、エヴァンにムカつくバカ王子に文句をぶちまけてやれとか言っていたやべ一人である。

だから、猛烈に嫌な予感に見舞われた。

「恐らく、おれはもうあの王子と会う事はないだろうから、貴方があいつにおれが言っていたと伝えてくれ」

そして、にんまりと笑いながら、一言。

「今回のような事になりたくなかったら、そのバカみたいな子供じみた性格を直しておけ。とな」

特大の爆弾をエヴァンが残し、私達はカルア平原を後にする事となった。

エピローグ

や否や頭を抱えて呻く羽目になっていた。
すっかりミラルダ領での出来事やカルア平原での騒動の余韻も薄れてきた頃、私は、冷静になる
カルア平原を後にし、王城へと戻ってきてから数日後。
「ああああああああ……」

私はどうして、あんな事言ったんだろうか。

王子相手に怒鳴りつけるように説教とか、あの時の私は一体何を考えてたんだ……!!

そんな思考が頭の中で、ぐるぐると巡り続ける。お陰で憂鬱一色に染まり切っていた。

「……ヒイナのやつ、さっきから何してるんだ?」

「帰ってきてからずっとあの調子ですよね」

そのせいで、エヴァンや先生から変人扱いを受ける羽目にもなっている。

いや、今はそんな目を気にしている場合ではない。

「……い、今からでも謝りに行った方がいいかな」

どれだけムカつく人であろうと、相手は一国の王子殿下。にもかかわらず、なんであんな説教染みた事を私は言っちゃったのか。

……理由は、その場の勢いなんだろうけど、やっぱり冷静になってみるととんでもない事をやらかした気しかしない。

「いや、でも、謝ってももうどうしようもないような……」

何か奇跡でも起こって、あの時〝暴食《グラトニア》〟を倒す際に協力したレヴェスタさんが私を庇ってくれていたり……しないだろうか。

一縷の望みを願ってはみるけど、去り際にエヴァンが王子様へとんでもない伝言を残していたし、期待薄だと思う。

要するに、完全に詰んでいた。

「ああ……」

そして、また頭を抱える。

ひたすらこの繰り返しだった。

そんな折。

「……なぁ、ヒイナ。さっきから何してんだ？」

そんな私を見かねてか。

遠くで先生とぼそぼそ話していた筈のエヴァンが、気付けば私のすぐ側にまで歩み寄っていた。

「あー、うん。えっとね、過去の自分の行いを目いっぱい後悔してたところ、かな」

過去に戻れるなら是非ともやり直したい。

今度はちゃんと、銅像のような、ただそこにいるだけの置物と化してるから。

「おれは、ヒイナが後悔する事は何もないと思うけどな。あれは何にも間違ってないだろ。あの王子が全面的に悪い。あれはな」

私が頭を抱えている理由をあっさりと見透かしたエヴァンから慰められる。

……確かに、間違った事をした覚えはない。

ただ、もう少しくらいオブラートに包むべきだった気がするだけで。

「それに、おれはそういう心配はもういらない気がするけどな。ヒイナがあの時、声を上げる前までのあの王子ならまた話は別だっただろうが」

「……？　それ、どういう事？」

まるで、私が王子様に声を上げた事で変化が起こったと言わんばかりの物言いに、疑問符を浮かべる。

エヴァンの言っている意味が、私にはイマイチ分からなかった。

「おれ個人の意見ではあるが、あの王子も少しは聞く耳を持ったんじゃないかと思ってな。とはいえ、だからといって仲が良くなるとは思わないが。おれも嫌われてるだろうなあ」

けらけらと、こともなげにエヴァンは口角をつり上げて小さく笑う。

「ただ、大ごとになるようなら、ルイス・ミラーが止めるだろうし、大丈夫なんじゃないのか？」

ルイスさんの性格からして、それはかなり濃厚とも言える可能性であった。

国を去って尚、ルイスさんに迷惑を掛けてしまうと思うと心苦しくて仕方がなかった。

「私も、エヴァン様と同じ意見ですね。そういう事でしたら、ルイス殿がいるのですし無用な心配かと」

「……そういうものですかね？」

後始末を押し付けるようになってしまい、申し訳ない気持ちでいっぱいだったので、いつか何かお詫びをしなければと考える。

そんな折、

「お。いたいた。殿下に、殿下のお気に入りちゃん」

私達を探していたのか。

王城に位置するエヴァンに与えられた執務室にて、話し込んでいた私達に向けて声が向けられる。

やけに軽い口調のそれは、ロストア王国に籍を置くシグレア公爵家現当主、レヴィ・シグレアさんのものであった。

「……相も変わらずサボりですか」

「いやいやいや！　今回はちゃんとした用事だって！　それに、サボるなら僕の場合、王城から真っ先に抜け出すからさ」

殊更に呆れてみせる先生に慌てて弁明するレヴィさんは、確かに手に何かを持っていた。

あれは、手紙と小包だろうか。

「それは良いことを聞きました。警備の兵に伝えておきましょう」

「僕の場合、魔道を使ってひょいと抜け出すから、それは無意味だと思うけどねえ」

「……それもそうでしたね」

レヴィさんが魔道を使えば、止められないと悟ってしまっているのか。

無駄に優秀なんでした、この公爵。

と言って先生は深い溜息を一度。

「それで、用事とは？」

「殿下と、そこの子にお届け物。差出人が差出人なだけに、僕がきたって事だねえ」

そう言って、レヴィさんはエヴァンに手紙を。

私に小包を渡し、「んじゃ、僕はこれで〜」と、手をひらひらさせながら足早に去ってゆく。

本当にそれだけの用事だったのだろう。

「届け物？　って、私そんなやり取りする人いないんだけど……」

私が今、ロストアの王城にいる事を知っている人自体が極々少数である。

だから、身に覚えのない届け物に困惑する私だったけど、一体差出人は誰なのかと渡された小包に視線を向け、

「…………」

そして私は言葉を失った。

たぶん、目の前に鏡があったならば、私はさぞ顔面蒼白という言葉がとてもよく似合う表情を浮かべていたと思う。

差出人はどこにもなかったけど、ただ、小包には見覚えのある印が押されていた。

それは見間違いようのないリグルッド王国王家の印。

王宮を追い出された際、私に渡されたあの手紙に押されていたものと全く同じ印がそこには押されていた。

「……お、終わった」

きっとこの小包の中には、あの時はよくも説教をしてくれやがったな。っていう恨みを込めて、爆弾か何かが入ってるんだ。絶対そうだ。

そして多分、エヴァンに渡された方の手紙には呪いの呪文でも書き記されてるのではなかろうか。

だから、これらはレヴィさんにそのままお返ししよう。そうエヴァンに提案するより先に、怖いもの知らずのエヴァンは渡された手紙の封を破いて中身の確認を始めていた。

「え、エヴァン……!?」

「そんなにビビらずとも、中身は今回の一件に関する謝罪文だ。とはいえ、王家の紋こそあるが、これを書いたのは恐らくルイス・ミラーだろうが」

「……あぁ、びっくりした。ルイスさんか」

一瞬、あの王子様からの仕返しか何かかと思ってしまったが、どうもルイスさんからの贈り物であったらしい。

その事実に、私はほっと胸を撫で下ろす。

そして、先程まで頭の中で思い描いていた想像がただの想像であったと分かったので、気兼ねなく小包を開けてゆく。

「……いや、少し違うか。九割ルイス・ミラーが正しいなこれは」

まるで、残りの一割はルイスさんではない別の人間が関わっている。

そう言わんばかりの発言を付け加えるエヴァンの言葉を耳にしながら小包を開けると、そこにはお菓子が入っていた。

それは、リグルッド王国に仕えていた頃、事あるごとに故郷のお菓子といってルイスさんが私に差し入れてくれていたもの。

更には、そのお菓子にメッセージカードが添えられており、「困った時はいつでも頼って下さい」と優しい筆跡で言葉が書き記されていた。

「ルイスさん……」

やっぱり、底抜けに良い人だ。

ベラルタさんに底抜けのお人好しと言われた私だけど、その言葉はやはり私よりもルイスさんにこそ相応しいと思う。

「……って、あれ」

あまり良い思い出のなかったリグルッド王国に仕えていた頃の数少ない良い思い出を思い出す私であったが、見慣れないものが小包に入れられていた事に気付く。

「なんで、花？」

お菓子とメッセージカードに紛れて、一輪の花が入れられていた。

少しだけ萎れてしまっているけど、青と白が基調の綺麗な花であった。

「ルイス・ミラーが入れたんじゃないか？」

花に対して殊更に不思議がる私に、エヴァンがそう言うけれど、私が引っ掛かっていたのは本当にまさにそれが理由だった。

「ううん。それはないと思う。ルイスさん、花の花粉にちょっと弱い人で、基本的に花は遠ざける人だったから」

だから、贈り物に入れるとは考え難い。

とすると、この花は誰が入れたのだろうか。

「それは、ルーステティアの花ですね」

「ルーステティア？」

「はい。結構珍しい花だった筈ですよ」

花を手に取り、じーっと観察する私の側で、先生が花の名前を教えてくれる。

「確か、花言葉は――『一度きりの感謝』だったような気がします」

「一度きりの感謝……ですか。随分と変な花言葉ですねこれ」

まるで、捻くれに捻くれたあの王子様のような花だなとつい思ってしまう。

「案外、それ、あの王子が入れてたりしてな」

「まっさかあ」

恨み言を言われる未来は想像出来ても、あの王子から無害な贈り物をされる未来はちっとも想像出来なくて、それは無いよと返事する。

だけど、もしそうであったならば、あの時、助けた甲斐も少しはあるよねと思えてしまう。

だから、そうであったらちょっとだけ、良いなって思いつつ、

「さて、と。そろそろ良い時間でもあるし、魔物の討伐といくか」

カルア平原での出来事の後。

エヴァンに回ってきた政務の手伝いであったり、偶に出現する魔物の討伐やらを私達は担当していた。

とは言っても、ネーペンスさんの時みたいな竜がいるわけでも、カルア平原の時みたくバカ強い

魔物が跋扈《ばっこ》しているわけでもない。

ただ、先生曰く、これまでエヴァンは一人で突っ走る事が多かったから、こうして私を誘ってる分、安心が出来ると何故か凄く感謝されたのが印象的であった。

……多分、めちゃくちゃ好き勝手して周りに心配掛けまくっていたんだろうなあ。

「そうだ。今日は特別に、ヒイナがおれより一体でも多く倒したら、何でも一つ、言うこと聞いてやるよ」

「……へぇえ？　大きくでたねえ。後悔しても知らないよ、エヴァン」

「ま、勝つのはおれなんだけどな。そういう訳で、後は現地集合な——!!」

そう言って一目散に、エヴァンは手にしていた手紙を置いて駆け出そうと試みる。

現地集合という事は、早く着いたもの勝ちという事。

そして側にはちょうど先生がいる。

ならば、する事は一つだろう。

「先生！　今回だけ、手伝って下さい！　テレポートお願いします!!」

「ちょ、おいっ!?　それはセコイだろ!?」

駆け出していた筈のエヴァンは、私のその一言に慌てて急ブレーキ。

肩越しに振り返り、文句を言い始めるけどもう遅い。

「……仕方ありませんね。今回だけですよ」

先生が笑いながら了承してくれる。

やったね。

最早、私の勝ちは決まったと言っても過言じゃない。

そして浮かぶ転移陣。

次第に、テレポートの発動兆候である光に包まれ始める私だったけれど、

「させるかっ!!」

「あぁっ!?」

そこに無理矢理、Uターンして帰ってきたエヴァンが混ざり込んでくる。

「流石にそれはズルいだろ!?」

「先に言うだけ言って駆け出してた癖に!?」

初めにズルをしようとしたのはエヴァンの方である。だから、私は悪くないと言うとうぐ、と見事に言い詰まっていた。

「と、兎に角、公平だ。公平にやるぞ」

「えええ……」

ぶー垂れる私と言い訳を並べ立てるエヴァンであったが、程なくテレポートによってその姿は掻き消える事となった。

そんなで、随分と騒がしくなった私の一日が、今日もまた過ぎようとしていた。

あとがき

この度は『理不尽な理由で追放された王宮魔道師の私ですが、隣国の王子様とご一緒しています!?』をお手に取っていただき、誠にありがとうございました。

恋愛小説や漫画ではよくある、幼少の頃に交わした約束を、○年越しに果たす。

といった展開をファンタジー世界観で書きたいな衝動で執筆させていただいた作品となります。

幼少の頃は子供同士、一応対等な立場だったにもかかわらず、大人になってゆくにつれ、身分差のようなもので距離が空くかと思われたが、当人同士の距離は昔と変わらず近いまま。

みたいな作品が私、ものすっごく好きで……!

いつか、中華の世界観や、現実恋愛のような世界観でも挑戦してみたいですね……笑

また、私自身、基本的に剣を持って戦う主人公ばかりを描く人間だったので、今作は新鮮な気持ちで書けました。

少し抜けていて、おっちょこちょいな主人公と、そんな主人公に救われた王子。

凸凹天才コンビを描いた本作、楽しんでいただければ幸いです。

私個人としては、王子のエヴァンの妹であるシンシアのキャラが好きだったので、もし二巻を執筆する機会に恵まれましたら、三人でわいわいするシーンを書けたらなあと思いつつ。

(それもあって、特典SSの幾つかにシンシア回を入れさせていただいています……笑)

加えて、今作のイラストを担当して下さったｍｍｕ先生のイラストは必見です。

なので、本編と合わせてぜひぜひ楽しんでいただけたらなあと。

(裏表紙のヒイナのゆるキャラが超可愛い……！笑)

担当編集者の稲垣さん、イラストレーター様のｍｍｕ先生をはじめ、今作に関わって下さった皆様方、ｗｅｂ連載の頃より応援して下さった読者様方にこの場をお借りして感謝を。

それでは、次巻でも皆様とお会い出来る事を願い、この辺でお暇させていただきます。

アルト

大人のエンタメ、ど真ん中！
SQEXノベル 毎月7日発売
SQEXノベル
勇者パーティーを追放された俺だが、俺から巣立ってくれたようで嬉しい。
……なので大聖女、お前に追って来られては困るのだが？
著者：初枝れんげ　イラスト：柴乃櫂人
私、能力は平均値でって言ったよね！
著者：FUNA　イラスト：亜方逸樹
万能「村づくり」チートでお手軽スローライフ
～村ですが何か？～
著者：九頭七尾　イラスト：イセ川ヤスタカ
魔剣の弟子は無能で最強！
～英雄流の修行で万能になれたので、最強を目指します～
著者：ふか田さめたろう　イラスト：植田亮
人狼への転生、魔王の副官
著者：漂月　イラスト：手島nari
悪役令嬢は溺愛ルートに入りました!?
著者：十夜　イラスト：宵マチ
マイナススキル持ち四人が集まったら、なんかシナジー発揮して最強パーティーができた件
著者：小鈴危一　イラスト：しらび
●転生したらドラゴンの卵だった ～最強以外目指さねぇ～　●片田舎のおっさん、剣聖になる　●この度、私、聖女を引退することになりました
●田んぼでエルフ拾った。道にスライム現れた　●家から逃げ出したい私が、うっかり憧れの大魔法使い様を買ってしまったら
●王国の最終兵器、劣等生として騎士学院へ　●ブラック魔道具師ギルドを追放された私、王宮魔術師として拾われる ～ホワイトな宮廷で、幸せな新生活を始めます！～
●逃がした魚は大きかったが釣りあげた魚が大きすぎた件　●理不尽な理由で追放された王宮魔道師の私ですが、隣国の王子様とご一緒しています!?
●最高難度迷宮で置き去りにされたSランク剣士、本当に迷いまくって誰も知らない最深部へ ～俺の勘だとたぶんこっちが出口だと思う～
●婚約破棄を狙って記憶喪失のフリをしたら、素っ気ない態度だった婚約者が「記憶を失う前の君は、俺にベタ惚れだった」という、とんでもない嘘をつき始めた　他